Renate Hammer

Allet Schnee von gestern!

Bibliografische Information der Deutschen Nationalbibliothek:
Die Deutsche Nationalbibliothek verzeichnet diese Publikation in der Deutschen Nationalbibliografie; detaillierte bibliografische Daten sind im Internet über http://dnb.dnb.de abrufbar

© 2017 Renate Hammer
Allet Schnee von gestern!
Herstellung und Verlag: BoD - Books on Demand, Norderstedt
ISBN: 978-3-7431-1181-3

Vorwort ...

... fällt aus, ich fall gleich
mit der Tür ins Haus!

Inhalt

„In Oppa seine Bude" 9
„Lehrjahre sind keine Herrenjahre" 17
„Alle Jahre wieder" 35
„Mein Vetter Heinz" 43
„Oh, mein Papa" 55
„Onkel Fritz und Tante Änne" 69
„Helmut P. " 75
„Deutsche Sprache - schwere Sprache" 93
„Der beste Weg zur Gesundheit ist
der Weg in den Garten" 107
„I am the Winner" 119
„(Alb)Traumschiff ahoi" 161
„Muttertag" 175
„Salvatore - Freund von Mutter" 181
„Weh-weh-weh ... Punkt.de"
oder „Zurück zur Natur" 195
„Tiere sind die besseren Menschen" 205
„Der Schreibtisch von Tante Minna" 217
„Jugend ade" 227
„Stoff-Wechsel" 237

„In Oppa seine Bude"

Kindheitserinnerungen sind oftmals das schönste (und manchmal sogar einzige) Vergnügen älterer Menschen. Wenn das Gehirn nicht mehr so funktioniert, wie es eigentlich sollte, man vorne nichts Packendes mehr sieht, blickt man als alter Mensch gerne zurück. Kindheits- und Jugenderlebnisse erfahren ihre Auferstehung; in fröhlicher Freundesrunde oder beim Kaffeeklatsch zu zweit mit dem Sohnemann werden sie an ihn weitergegeben. (Ob er das nun hören will oder nicht; er muss in den sauren Apfel beißen und gute Miene zum bösen Spiel machen, denn er hört die alten Geschichten sicherlich nicht nur einmal. Häufige Wiederholungen der Erzählungen über Jugenderlebnisse der Alten sind vorprogrammiert, weil das Langzeitgedächtnis das einzige ist, das noch hervorragend funktioniert ...).

„Weißt du noch, damals ..."

So beginnen sie meistens, die Berichte über Kindheits- und Jugenderlebnisse.

Damals war alles anders, alles besser, zumindest in der Erinnerung der alten Menschen. Unangenehme Ereignisse wurden vom Selbstschutz-Mechanismus in den grauen Zellen ad acta gelegt.

Das Gehirn breitet den Schleier des Vergessens über so manche Vergangenheit aus, die nicht mehr aufgerührt werden soll.

Meine Wenigkeit, als Nachkriegskind im Jahre 1947 geboren, erinnert sich schwach an beengtes Wohnen in zwei untergemieteten Zimmern. Unter der Fuchtel der Hauptmieterin, der man eine fünfköpfige Familie (bestehend aus zwei erwachsenen Personen nebst zwei halbwüchsigen Kindern und mir) wie ein faules Ei ins Nest gelegt hatte, ereigneten sich Dinge, die man sich heutzutage nicht mehr vorstellen kann. Wen wundert es da, dass man zu vergessen versucht, was einst sehr unschön verlaufen war? Wie die Rosinen aus einem Kuchen, pickt das alte Gedächtnis am liebsten die Erlebnisse heraus, über die man heute lachen kann und dies auch herzhaft tut.

Ich war sechs Jahre alt, als ich zum Spielen nach draußen geschickt wurde, damit Mama sich in der engen Wohnküche frei und ungehindert bewegen konnte. Für viereinhalb Personen ein Mittagessen zuzubereiten, war seinerzeit mit einem kleinen Abenteuer vergleichbar. Obwohl ich aufgrund meines zarten Alters und vom Körperbau her nur „eine halbe Portion" war, bekam ich die gleiche Menge zu essen wie meine älteren Geschwister. Schließlich sollte ich möglichst schnell „groß und stark" werden. Wozu, leuchtete mir seinerzeit noch nicht ein; die Räumlichkeiten waren schließlich damals schon viel zu eng ...

Da ein Haushalt seinerzeit noch nicht so gut und üppig ausgestattet war wie heutzutage, musste Mama bei der Vorbereitung und Herstellung einer warmen Mahlzeit oftmals Kreativität an den Tag legen. Für die Vorbereitung einer Grünkohl-Mahlzeit zum Beispiel benutzte sie die Allround-Zinkbadewanne. Schließlich musste die Unmenge dieses Wintergemüses, bevor sie in das Behältnis, das mein Bruder als „Hordentopf" bezeichnete, umgelagert wurde, gründlich gewaschen werden; genauso wie ich, wenn ich vom aushäusigen Herumstromern zurückkehrte ...

Selbstredend wurde die Badewanne nach der Grünkohl-Wäsche genauso penibel ausgescheuert wie am Samstag nach der Beendigung des Familien-Reinigungsprogramms ...

Wenn ich Mama zu sehr genervt hatte (man mag es heute nicht mehr glauben, aber ich war ein quirliges Kind mit einem so gut wie niemals still stehenden Mundwerk), sagte sie: „Kind, tue mir einen Gefallen, besuche mal wieder den Opa in seiner Bude und fall *dem* auf den Wecker!"

Nur allzu gern erfüllte ich Mama jeweils diesen Wunsch. Opa war - genauso wie fast alle Männer in unserer Siedlung - beim Bochumer Verein beschäftigt. Als er Frührentner wurde, sich aber noch zu fit fühlte, um das Arbeiten gänzlich aufzugeben, ließ er sich seinem Hobby entsprechend als Schrankenwärter bei der werkseigenen Eisenbahn verdingen. Er nannte diese Umstrukturierung dem neuen Job entsprechend „ausrangieren".

(Böse Zungen behaupteten, dass Oma ihn aus dem Weg haben wollte, oder er ihr freiwillig aus demselben ging, weil sie es nicht gern sah, dass er „für längere Durststrecken" stets einen Flachmann in der Westentasche bei sich trug. Die Füllung dieses Behältnisses bestand allerdings niemals aus Wasser, sondern aus wesentlich hochprozentigeren Flüssigkeiten ...)

Wenn ich mich dem Gebäude, in dem Opa seine immens wichtige Tätigkeit verrichtete, näherte, sah ich schon von weitem sein schneeweißes, gelocktes Haar, das er sich vom Wind zerzausen ließ. Stets winkte er mir zu; und er lächelte so breit, dass seine Augen, in denen der Schalk nur so blitzte, sich zu Schlitzen zusammenzogen.

Obwohl das Betreten des Werksgeländes, zu dem der Schienenstrang und auch das Wärterhaus gehörten, durch werksfremde Personen strengstens untersagt war, brach Opa alle diesbezüglichen Schranken und ließ mich zu sich hinauf kommen.

„Na, Mädelchen, willste mal wieder an der Kurbel drehen?", fragte er jeweils. „Mein Reißmatismus in den Schultern und Armen ist heute wieder so schlimm, dass ich mir gar nicht zu helfen weiß. Ich glaube, ich schaff das mal wieder nicht allein. Aber einer *muss* es ja tun, sonst rumsen die Züge mit den Autos zusammen, und die Fußgänger kommen ebenfalls unter die Räder. Und dat wollen wir ja vermeiden, woll?"

Überglücklich drehte ich an der großen Kurbel, die die Schranken hinunter und nach Passieren der Waggons wieder herauf beförderte. Wieder herauf war wesentlich schwerer, sodass Opa mich trotz seiner geschummelten Zipperlein unterstützen musste.

„Ping ping ping" ertönte ein gleichmäßiges Signal, das mich für die anstrengende Tätigkeit belohnte, denn für meine Ohren war es schöner als Musik. Schon von weitem hörte man die mit Eisen und Schrott beladenen Waggons der Werksbahn langsam herannahen. Wenn die Lok das Häuschen passierte, winkte der Lokführer Opa jeweils freundlich zu.

Oftmals musste ich mich allerdings ducken, um nicht entdeckt zu werden, denn man wusste ja nie, ob der Mann dort in der Lok nicht eventuell doch ein „übler Verräter" oder „Kameradenschwein" war und Opa wegen seiner illegal engagierten Aushilfe bei der Werksleitung verpfeifen würde!

„Weißte, Kindchen, die Menschen sind nicht alle nett; merke dir das fürs Leben. Man guckt allen nur *vor* den Kopp, nicht hinein. Manche lächeln dich vorne an, aber, Schwups, haste hinten ein Messer im Rücken. ... Aaaah, jetzt sehe ich den Kerl in der Lok. Es ist der dicke Otto. Vor *dem* musste dich nicht verstecken, der ist in Ordnung."

Trotz Opas Entwarnung blieb ich vorsichtshalber in meinem Versteck. Die Vorstellung, den

Heimweg mit einem Messer im Rücken antreten zu müssen, jagte mir eine dicke Gänsehaut über denselben. Mama würde sicherlich mit mir und Opa fürchterlich schimpfen ...

„Na, August, alles klar?", rief Otto im Vorbeifahren. Unter wissendem Grinsen kniff er Opa ein Auge zu. Anscheinend wusste er genau, dass Opa nicht allein an der Kurbel gedreht hatte.

„So, Mädelchen, jetzt wollen wir uns nach der anstrengenden Maloche erstmal stärken", sagte Opa, als wir gemeinsam die Schranken wieder in die Senkrechte befördert hatten. „Das dauert jetzt eine Weile, bis der Otto mit dem Zug wieder zurückkommt. Der muss ja den ganzen Krempel erstmal abladen lassen, woll?"

Flugs holte Opa die Blechbüchse hervor, in der Oma die reichlich mit Wurst und Käse belegten Stullen deponiert hatte. Opas Aufforderung, nun mal kräftig zuzulangen, kam ich nur zu gern nach, denn Omas Stullen waren eine Wucht in Tüten! Einen Schluck aus dem Flachmann verweigerte Opa mir allerdings.

„Dafür biste noch viiieeeel zu klein", erklärte er.

Leicht errötend überreichte er mir ein Glas mit Limonade, die er „für alle Fälle" stets heimlich in seinem Spind vorrätig hielt.

Als der Zug mit den entleerten Waggons zurückkam, kurbelten wir nochmals gemeinsam die Schranken hinunter und herauf. Noch einmal vernahmen meine Ohren das „Ping ping ping".

Wenn die eventuelle „Gefahr" vorüber, der Lokführer außer Sichtweite war, schickte Opa mich zu meiner Familie zurück.

Niemals in meinem Leben werde ich die für mich abenteuerlichen Erlebnisse in Opas Wärterhäuschen vergessen.

Opa gibt es schon längst nicht mehr. Neunzehnjährig begleitete ich ihn mit meiner Familie, seinen Freunden und Werksbahn-Kollegen auf seinem letzten Weg auf dem Freigrafendamm.

Heute bin *ich* bereits älter als Opa damals war. Auch das Wärterhäuschen existiert nicht mehr. Die Werksbahnlinie dagegen gibt es noch immer. Wie es in der Neuzeit so üblich ist, wurde die seinerzeit von Hand zu bedienende Kurbel durch eine Automatik ersetzt. Der Schrankenwärter ist überflüssig geworden. Das melodische „Ping ping ping" allerdings kann man, wenn man gute Ohren hat und der Wind günstig steht, bis zur viel befahrenen Autobahn, die nah an den Schienen vorbei führt, deutlich hören …

„Lehrjahre sind keine Herrenjahre"

Diesen uralten, weisen Spruch sollte sich jeder Berufsanfänger hinter die Ohren schreiben, denn er ist bis heute aktuell geblieben. „Lehrjahre" (besser gesagt hieße es *Lernjahre*) bedeutet nicht nur, den gewählten Beruf möglichst perfekt zu erlernen, sondern gleichzeitig auch schamlos ausgenutzt zu werden für Tätigkeiten, die mit der ins Auge gefassten Berufswahl absolut nichts zu tun haben!

Meine Wenigkeit hatte sich seinerzeit dazu entschlossen, die lebensnotwendigen „Piepen" in einem Büro zu verdienen. Stundenlanges „sich die Beine in den Bauch stehen" hinter einer Ladentheke, immerzu zu lächeln, auch wenn der zu bedienende Kunde ein Stinkstiefel war, der einem den letzten Nerv tötete, kurzum „Verkäuferin" zu werden, schied von Anbeginn der Berufswahl aus. Obwohl ich (rein äußerlich betrachtet) mit recht stabilen Beinen ausgestattet bin, war es mir nicht möglich, acht lange Stunden in stehender Position zu verbringen.

„Sei froh, dass du den Krieg und seine Nachwehen nicht erleben musstest", hatte Mama mir mit ernstem Gesicht erklärt. „Wir haben mit unseren Lebensmittelmarken viele Stunden lang in einer ellenlangen Schlange stehen müssen, um ein Brot zu erhaschen. Oftmals war das letzte Stück längst ausverkauft, wenn wir endlich dran waren!"

Ja, ich WAR froh, dass ich als Nachkriegskind geboren wurde (obwohl ich auch heute noch die unerschütterliche Meinung vertrete, dass es besser gewesen sei, mich *überhaupt nicht mehr* produziert zu haben; denn die ausgehungerten Menschen hatten ja seinerzeit „nichts zuzusetzen". Woher Papa damals die Kraft für diese Schweiß und andere Flüssigkeit treibende Tätigkeit genommen hatte, ist mir bis heute schleierhaft. Von Mama, die mich als zusätzlichen Ballast in ihrem Bauch mitversorgen musste, ganz zu schweigen).

Nach einer abgebrochenen Schneiderlehre (zwischenzeitlich hatte ich den unüberlegten Geistesblitz, Modezeichnerin zu werden, die ihre Modelle nicht nur entwerfen, sondern auch selbst nähen können musste, nach sechs Wochen Staubwischen in der Nähmaschinenhalle wieder verworfen), gelang es meinen Eltern und mir, die vakante Lehrstelle im Büro eines namhaften Sporthauses zu ergattern. Die Tatsache, dass die dreijährige Ausbildung mit Verspätung angetreten wurde, störte meinen Lehrherrn und mich nicht. In den sechs Wochen hätte ich in der Firma und auch in der Berufsschule nichts Wesentliches verpasst, erklärte der Chef.

Meine Bürokauffrau-Lehre begann mit mehreren bitteren Enttäuschungen. Der in den Warenlagerraum nebst Werkstattkeller des Sporthauses integrierte Raum verfügte über das Format einer besseren Hundehütte, die mit der Anwesenheit der recht korpulenten Buchhalterin bereits zur Hälfte ausgefüllt war. In der anderen Hälfte tippte eine (gottlob) zierliche weibliche Person an einem kleineren Schreibtisch eifrig auf einer Reiseschreibmaschine die zu erledigende Post. Zwischen ihr und der buchführenden Matrone befand sich ein „Notschreibtisch", an dem ein jüngerer weiblicher Bürolehrling (der mit mir, aber zum ordnungsgemäßen Termin die Lehre angetreten hatte) mit ernster Miene mehrere Berge von Kassenzetteln sortierte.

Während ich noch darüber sinnierte, wo wohl *mein* Platz in dieser überfüllten besseren Abstellkammer sei, wurde ich von der massigen Buchhalterin von oben bis unten gemustert. Zu meiner Erleichterung erschien anschließend ein freundliches Lächeln auf ihren runden, geröteten Wangen.

„Nur immer herein, Mädchen", erklärte sie ermunternd. „Für dich halbe Portion werden wir schon noch ein Eckchen finden!"

Man fand das „Eckchen", in dem ich den ersten, sehr langen Arbeitstag arbeits- und auch sonst tatenlos hinter mich brachte.

„Heute haben wir leider keine Beschäftigung für dich", hatte die Bürovorsitzende erklärt. „Aber du wirst schon nicht über Langeweile klagen, keine Sorge. Wir finden schon was für dich. Leider müsst ihr beide euch den Schreibtisch teilen. Aber das wird schon irgendwie gehen. Zweimal in der Woche ist Berufsschule; danach braucht ihr ja nicht mehr zur Arbeit zu kommen."

Verwundert über die Logik der in doppeltem Sinne gewichtigen Dame, enthielt ich mich eines Kommentars. Meines Wissens besuchten meine Lehrjahrs-Mitstreiterin und ich auch zur selben Zeit die Berufsschule ...

Die geräusch- und qualvollen (nebst sauerstoffarmen) Bürotage im Werkstattkeller schlichen dahin. Während nebenan lautstark gehämmert, gesägt, geklopft und geschliffen wurde, richtete ich oft neidvoll meine Blicke auf das Lehrmädchen im dritten Jahr, das den ganzen Arbeitstag lang an der Schreibmaschine verbringen durfte, während meine gleichaltrige Kollegin und ich die auf den massenhaft vorhandenen Kassenzetteln stehenden Beträge in ein großes Buch übertrugen. Ohne mich zu fragen, hatte man mich zum „Buchhaltungs-Lehrling" auserkoren. Ausgerechnet mich, die schon in der Schule so gut wie kein Verständnis für Zahlen aufbringen konnte! Da ich aber ein stilles, gehorsames Mädchen war, brachte ich nicht den Mut dazu auf, mich gegen den Entscheid der Obrigkeit aufzulehnen.

Trat der Fall ein, dass der Chef in Begleitung seiner massigen Schäferhündin das Büro aufsuchte, durften wir „Lehrlinge" über den Zeitraum seiner Anwesenheit das Büro verlassen. Immerhin hätte sonst die Möglichkeit bestanden, die vierbeinige Leibwächterin des Chefs zu verletzen oder gar mit einem falschen Fehltritt ins Jenseits zu befördern!

„Du hast ja grad nichts zu tun", rief mir der Werkstattmann während eines Aufenthalts außerhalb des Büros zu. „Komm, du kannst mir helfen, die Skibeläge aufzutragen. Schnapp dir einen Pinsel, ich zeig dir, wie es geht."

Innerlich meuternd, beugte ich mich dem Befehl des betagten Mannes. Die Tatsache, dass ich just an dem Tage mein bestes Kleid trug, blieb unbeachtet.

Die Folge des unfreiwilligen Werkstatteinsatzes blieb nicht aus. Mein Kleid war so gut wie ruiniert. Dies wiederum löste die Tatsache aus, dass Papa meinen Chef aufsuchte, um ihm entrüstet „die Flötentöne beizubringen über das, was ein Bürolehrling im ersten Lehrjahr zu tun und zu lassen hat."

Papas Einsatz blieb erfolglos. Noch nie habe es jemandem geschadet, hin und wieder eine andere als die gewohnte Arbeit zu verrichten, hatte mein Chef ihm gelassen lächelnd erklärt. Schmollend und grollend hatte Papa den Rückzug angetreten.

Neben den sich häufenden Einsätzen in der Werkstatt, und als Unterstützung der überforderten Verkäuferinnen, die es in der „Stoßzeit" nicht schafften, die ausgelegten Waren von den Theken in die Regale zurück zu räumen, wurde ich mit Fragen seitens der Kundschaft attackiert, die ich nicht zu beantworten in der Lage war.

„Frolleinchen, welche Baumwolle benutzt adidas für die Fertigung ihrer Polohemden? Ist sie naturbelassen oder mercerisiert?"

„Sind die Tennisschuhe von *Rudolf* Dassler besser, oder empfehlen Sie die von seinem Bruder Adolf?"

Gottogottogott!

Irgendwann hatte ich gelernt, dass die beiden Sportartikel-Hersteller zwar Brüder, aber sehr verfeindet waren. Ich erfuhr, dass der Adolf die Marke „adidas" verwendete, sein Bruder das Pseudonym „Puma" benutzte, aus welchem Grunde auch immer. Wie ein geschmeidiger Puma sah er nämlich beileibe nicht aus.

Während der Weltmeisterschaft im Eiskunstlaufen in der Nähe meiner Heimatstadt besuchten Berühmtheiten das Geschäft. Kilius/Bäumler, das seinerzeitige Traumpaar auf dem Eis, gaben meinem Chef die Ehre. Marika reichte ihm zwar recht überheblich, aber trotzdem die zarte Hand; Hans-Jürgen zeigte zusätzlich ein freundliches Lächeln. Ein Russe namens Oleg Protopopow, der ohne seine Partnerin erschien, drückte sogar mir, dem kleinen unscheinbaren Lehrmädchen, die Hand, die ich mir von Sekunde an bis zum nächsten Tag nicht mehr wusch. Auch den stahlharten Blick aus seinen stahlblauen Augen konnte ich lange Zeit nicht vergessen.

Frau Schleifstein, ihres Zeichens die Grand Dame im Verkaufsbereich (die mich augenscheinlich nicht leiden konnte, aus welchem Grunde auch immer) kanzelte mich unter überheblichem, äußerst dämlichem (im Sinne von Dame) Lächeln ab, indem sie erklärte: „Wenn es dir nicht passt, dass du hin und wieder im Verkauf helfen musst, so bist du in diesem Hause fehl am Platze. Wir sind hier eine große Familie, in der alles Hand in Hand erledigt wird. Jeder ist für den anderen da. Je früher du dir das einprägst, umso besser ist es für dich, mein Kind."

Eigentlich wollte ich ihr erklären, dass ich nicht „ihr Kind" sei und den Vorschlag unterbreiten, für mich einmal im Werkstattkeller einzuspringen, wenn ich ausnahmsweise im Büro zu tun habe, aber für eine solche Handlungsweise war ich zu gut erzogen. Sicherlich hätte sie sich tränenreich beim Chef über mich beschwert, was letztendlich zur Folge haben könnte, dass Papa wieder vergeblich im Sporthaus erschien. Anstatt meinen Groll auszusprechen, wünschte ich gedanklich der Dame, dass sie von der Pestilenz heimgesucht werde, und das möglichst bald.

Ich betätigte mich als Aushilfe putzend in der großen Privatwohnung des Chefs, kurbelte sommertags die große Markise vor dem Schaufenster heraus, erledigte private Einkäufe. Gottlob verlangte man nicht von mir, dass ich das Mittagessen für meine Chefs zubereitete. Länger als zwei Tage hätten sie es kaum überlebt, denn daheim war ich noch nicht zu derartigen Tätigkeiten herangezogen worden. Mama meinte, dazu sei ich noch zu jung; erst sei meine ältere Schwester an der Reihe.

An den „langen Samstagen" entsorgte ich nach Ladenschluss unter Bewachung durch den Chef die „Geldbombe" in den Nachttresor der Bank. Hätte jemand die Absicht verfolgt, illegal das Behältnis meinen Händen zu entreißen, wäre er gewiss erfolgreich gewesen, denn mein Lehrherr hielt einen im Fall eines Überfalls kaum mehr zu überbrückenden Abstand von meiner Wenigkeit.

Meine Schilderung über die nicht ungefährliche Tätigkeit rief abermals Papa auf den Plan. Er fragte meinen Lehrherrn, ob er schon mal etwas von der Verletzung der Aufsichtspflicht gehört habe. In Papas Augen (und sicherlich denen des Gesetzes) war es eine strafbare Handlung, ein schutzbefohlenes, minderjähriges Mädchen der Gefahr auszusetzen, überfallen und verletzt zu werden. Mein Chef rechtfertigte sich mit der Aussage, dass ich nicht allein gewesen sei, da er ja in Reichweite war und notfalls hätte eingreifen können. Wieder einmal trat Papa unzufrieden den Rückzug an. Ebenso tat er dies nach seiner Beschwerde über meinen Einsatz bei der jährlichen Inventur, von dem ich spätabends um zweiundzwanzig Uhr in der Dunkelheit daheim eintraf. Papa vertrat die Meinung, dass erstens ein Bürolehrling beim Zählen der Waren nichts zu suchen hatte, und zweitens der Lehrherr generell die Pflicht habe, für einen sicheren Heimweg seiner Schutzbefohlenen Sorge zu tragen. Und dies nicht erst kurz vor Mitternacht, sondern zur normalen Ladenschlusszeit. Die Beschwerde verlief im Sande.

Gemeinsam mit meiner Lehrjahrs-Genossin sortierte ich Aktenordner im heillos verstaubten Aktenkeller. Da dort auch die Kohlen lagerten, konnte ich mein Konfirmationskleid, das ich an dem Tage trug, in den Lumpensack entsorgen. Zu meinem Trost weinte Mama mit mir.

Da im Betrieb nicht die Möglichkeit vorhanden war, das korrekte Bedienen einer Schreibmaschine zu erlernen, erledigte ich dies privat und auf meine eigenen Kosten. Ich folterte meine Seele mit Stenographie, holte, meistenteils just an dem Tag mit meiner Sonntagskledage bekleidet, Skier vom Güterbahnhof Nord ab, weil außer mir „niemand greifbar" war. Nebenher quälte ich mich neben kaufmännischem Rechnen und Religion in der Berufsschule mit „Warenkunde" herum, die ich im Verlauf meines weiteren Lebens meiner Meinung nach nie wieder gebrauchen konnte. Papas wiederholte garstige Dispute mit dem Chef blieben weiterhin fruchtlos.

Zu Beginn des zweiten Lehrjahres bildete nicht allein die Aufstockung des Sporthauses um drei

Etagen einen gigantischen Lichtblick in meinem Leben. Als viel gigantischer sah ich die Tatsache an, dass Frau Schleifstein auf dem gegenüberliegenden Gehsteig ausgerutscht, der Länge nach auf ihre Breitseite gestürzt war und sich dabei einen komplizierten Beinbruch zugezogen hatte.

Normalerweise lag mir Schadenfreude fern, aber der Eintritt der Ersatzkatastrophe für die Pestilenz gefiel mir dennoch. Die Dame hatte sich neben der Beschmutzung ihrer teuren Garderobe auch die gefärbte und stets gewissenhaft ondulierte Haarfrisur ruiniert. Aufgrund des Beinbruchs fiel sie monatelang aus.

„Ach, das ist doch kein Beinbruch", erklärte der Chef lächelnd, hatte er doch umgehend eine Ersatzverkäuferin zur Hand. Die Dame Schleifstein wurde von einer jungen, lustigen, lebensfrohen Frau, die vor nicht allzu langer Zeit ihr Handwerk unter der strengen Aufsicht des Seniorchefs erlernt hatte, mehr als würdig vertreten. Sie brachte neben ihrer Fachkenntnis auch Lebensfreude, Heiterkeit und Lachen mit ins Sporthaus. Nach und nach sickerte die allgemeine Vermutung durch, dass alle Angestellten, die wochentags nun sehr freudig das Sporthaus belebten, „Frau Rosi" unbedingt behalten wollten.

Nach Vollendung der Bauphase (und dem Ausscheiden des ältesten Bürolehrlings nach seiner bestandenen Prüfung) bezogen wir zu dritt das neue Büro, das auch mehr als dreimal so groß war wie der „Verschlag" im Keller. Jede bekam einen eigenen, großen Schreibtisch. Die „Kellerasseln", wie man uns scherzhaft nannte, konnten endlich aus dem Fenster schauen. Unter Tageslicht und Sonneneinstrahlung sortierte ich die Kassenzettel, suchte oftmals tage- und wochenlang in ihnen Fehler, wenn „die Buchhaltung nicht korrekt" war. Die musste schließlich auf den Pfennig genau stimmen!

Der einzige Wermutstropfen für die schwergewichtige, buchführende Büro-Älteste war die Tatsache, dass sie sich vom Schreibtisch erheben und einige Schritte laufen musste, um an ihre Aktenordner zu gelangen.

„Ach, das macht gar nix", erklärte sie schnaufend. „Ich wollte sowieso schon längst abnehmen. Im Keller ging das ja nicht."

Im neuen Büro erhielt ich die ehrenvolle Aufgabe, die mit Bleistift eingetragenen Beträge auf den großen Blättern der seinerzeit aktuellen Durchschreibe-Buchhaltung „auszutinten", weil ich die schönste Handschrift besaß!

Neben meiner buchhaltenden Lehrlingstätigkeit liebäugelte ich nach wie vor wehmütig mit der Schreibmaschine, die noch immer ausschließlich von meiner Lehrlingskollegin bedient wurde, bis eines Tages der Chef grollend und mit hochrotem Gesicht das Büro betrat. Seit er es sich angewöhnt hatte, seine Post nicht mehr handschriftlich vorzuschreiben, sondern dazu ein Diktaphon benutzte, kam die ungenügende Rechtschreibung meiner Kollegin zutage.

In mütterlichem Ton gelang es der Buchhalterin, den erzürnten Chef zu beschwichtigen. Nichtsdestotrotz erklärte er aber:

„Nein; ich bin das jetzt leid. Ständig müssen Briefe neu geschrieben werden. Was das allein schon an Papieraufwand kostet! Die Druckerei schenkt mir ja schließlich auch nichts!"

Strengen Blickes sah er meiner Lehrkollegin und mir in die Augen.

„Also, Mädels: Ich tausche euch jetzt aus! Die eine geht in die Buchhaltung, und die andere in die Korrespondenz! Einen Versuch ist es zumindest wert! Seid ihr damit einverstanden? Wenn nicht, versuchen wir es trotzdem."

Ich war nicht nur einverstanden, sondern in meinem Inneren erklangen die Glocken von Jericho! Nie gekannte Glücksgefühle drohten mir die Luft abzuschnüren. Nur der Gedanke, dass meine Lehrlings-Kollegin „degradiert" wurde und sicherlich nicht glücklich darüber war, verhinderte einen lauten Jubelschrei! Ich konnte endlich weg von den Zahlen, ich durfte an die Schreibmaschine! Halleluja!

Als ich unter starkem Herzklopfen meine erste Postmappe vom Unterzeichnen zurückholte, wurde ich im Verkaufsraum von Bravo-Rufen nebst lautem Applaus empfangen. Selbst die inzwischen wieder aushilfsweise tätige Dame Schleifstein beteiligte sich an der Huldigung meiner peinlich berührten Wenigkeit. Tief errötend und wortlos nahm ich die Mappe aus den Händen meines strahlend lächelnden Chefs entgegen, um die Post im Büro versandfertig zu machen. Innerlich bedrückt, öffnete ich die Tür zum Büro; eine betrübte (oder sogar neidische) Lehrlings-Kollegin erwartend, blickte ich stattdessen in ein befreit lächelndes Gesicht. Strahlend erklärte sie mir, dass sie glücklich darüber sei, endlich von der Qual der Postschreiberei befreit zu sein. Die Buchhaltung mache ihr so großen Spaß, dass sie bedauere, nicht viel früher von sich aus den Chef um eine Umbesetzung gebeten zu haben.

„Nun, es ist gut so, wie es jetzt ist", hielt die Buchhalterin dagegen. „Was des einen Last ist, ist des anderen Lust. So ist das nun mal im Leben. In der Lehre müssen alle mal in jedes Fach hineinschnuppern. Nur dadurch stellt sich ja heraus, wo die Stärken und Schwächen der Personen liegen. Nun hat jede von euch *beides* gelernt, und das ist ja auch für die Abschlussprüfung notwendig, und jede weiß, was sie besser kann. ... Nun ja, dass ihr hier und da Arbeiten verrichten musstet, die mit dem Büro absolut nichts zu tun hatten, schadet, im Nachhinein betrachtet, überhaupt nicht. Im Gegenteil. Ihr habt gelernt, vorgesetzten Personen zu gehorchen, Rücksicht auf andere zu nehmen, Kollegen zu helfen und zu unterstützen, eigene Wünsche notfalls hinten an zu stellen. Und somit habt ihr auch etwas fürs Leben gelernt. Ob ihr das eine oder andere mal brauchen könnt, ist dabei unwichtig."

Als Belohnung für meine stets fehlerfrei getippten Briefe und Bestellkarten erhielt ich zur Erledigung der täglichen Post die private Reiseschreibmaschine des Chefs, deren Tastatur einen „leichteren Anschlag" hatte und demzufolge gelenkschonender war. Mit großen, erstaunten Augen erklärte die Buchhalterin anerkennend:

„Donnerwetter. Da hast du aber wirklich einen ganz dicken Stein im Brett beim Chef, denn der hat die Maschine bis jetzt nie aus der Hand gegeben. Weißt du, das ist die Königin unter den Reiseschreibmaschinen und war sehr teuer."

Ich hatte viel gelernt, aber „fürs Leben gelernt" hatte ich keinesfalls. Da ich in der Berufsschule dieselbe Klasse besuchte wie die Verkaufslehrlinge (eine Extraklasse für kaufmännische Bürolehrlinge gab es seinerzeit noch nicht), musste ich in der praktischen Lehrabschlussprüfung vorführen, wie man Tennisschläger bespannt und Skibeläge streicht. Letzteres gelang mir dank des Aushilfseinsatzes beim Werkstattmann recht gut; die mangelhafte Bespannung des Tennisschlägers allerdings brachte mir die passende Note ein, was zur Folge hatte, dass mein Kaufmannsgehilfenbrief nicht gut benotet wurde.

Nachdem der Chef nach Beendigung unserer Lehre verkündet hatte, nur eine von uns „übernehmen" zu können, verließ ich freiwillig das Büro des Sporthauses, um anschließend als Stenotypistin eine Anstellung in einem großen Unternehmen in meinem Heimatort anzutreten. Der nur mit „befriedigend" benotete Kaufmannsgehilfenbrief wurde dort in der Personalabteilung unbeachtet abgeheftet.

Die Abschiedstränen der Buchhalterin, die ja *uns beide* liebgewonnen hatte, ließen auch meine Augen wässrig werden, aber ich überwand den Trennungsschmerz recht schnell. Zu meiner Verwunderung erhielt ich aber in meiner neuen Firma eines Tages Besuch vom Werkstattmann, der beim Pförtner mit einem großen Blumenstrauß nebst einer Pralinenschachtel auf mich wartete und erklärte, mich sehr zu vermissen. Die neuen Lehrmädchen seien nicht so freundlich und hilfsbereit, wie ich es stets gewesen war, und er wolle sich nochmals für meine Mithilfe bedanken, erklärte er.

Papa hob warnend den rechten Zeigefinger, als ich daheim von dem unverhofften Besuch berichtete. Strengen Blickes erklärte er, dass es unbedingt bei dem einen Besuch bleiben müsse, und ich an der Pforte Order geben solle, den Mann abzuwimmeln, sollte er nochmals dort auftauchen. Würde er mir unterwegs nochmals begegnen oder gar irgendwo auflauern, müsse ich mich davon machen, so schnell ich nur könne. Warum diese Warnung erfolgte, leuchtete mir erst viel später ein.

Zu meiner Freude hatte ich mein komplettes Büro-Berufsleben lang fast ausschließlich mit

Schriftverkehr zu tun. Andere anfallende Tätigkeiten wie gelegentliche Sekretariats-Vertretungen, zu denen ich zu meinem Leidwesen hin und wieder herangezogen wurde, begleiteten meinen Weg in so unerheblichem Maße, dass ich sie schnell wieder vergaß.

Meine Lehrjahre hingegen werde ich bis zu meinem Ableben nicht vergessen. Das Gebäude, in dem meine Ausbildung stattgefunden hatte, beherbergt noch heute (die Verkaufsräume in geringem Maße verändert) ein Einzelhandelsgeschäft, das ich der Erinnerungen wegen hin und wieder durchstöbere. Noch heute gibt es die ins Kellergeschoß führende, enge Wendeltreppe, die ich jeweils versucht bin, wie damals hinab zu steigen. Eine im Parterre, im Bereich der seinerzeitigen Warenregale und Verkaufstheken nachträglich eingebaute Treppe führt hinauf in den im ersten Stock befindlichen zweiten Verkaufsraum, das ehemalige „neue" Büro.

Ich gehe durch den vertrauten Raum, blicke durch das große Fenster, das mir einen fast unveränderten Ausblick bietet, und ich höre im Geiste die markante Stimme der korpulenten Buchhalterin. Ich höre das glockenhelle fröhliche Lachen von Frau Rosi; selbst die vornehme Stimme der Dame Schleifstein kommt mir in den Sinn. Ich spüre ein Lächeln in mein Gesicht steigen, ein gleichzeitig wehmütiges und fröhliches Lächeln.

Meine Lehrherren und die Buchhalterin gibt es seit langer Zeit nicht mehr; aber solange das Geschäft besteht, werden meine Schritte mich hin und wieder dorthin führen, wo ich einst unter unvorhersehbaren Bedingungen meinen Beruf erlernte ...

„Alle Jahre wieder ..."

„... kommt das Christuskind", natürlich auch zu uns, in unser Haus, in unsere Familie.

Wie in jedem Jahr, liefen auch anno 1957 die Vorbereitungen für das Weihnachtsfest auf Hochtouren. In unserer Familie gab es in dieser Hinsicht eine beinahe heilige Ordnung; das heißt, eine klare Aufgabeneinteilung, die wahrscheinlich von den Ahnen und Urahnen übernommen worden war:

Für das Besorgen und Schmücken der Weihnachtstanne zeichnete stets unser Vater verantwortlich, die älteren Geschwister hatten Schmuckteile zu basteln, unsere Mutter übernahm das Kochen und Backen (nicht nur traditionsgemäß, sondern auch, weil sie es von uns allen am besten konnte); für meine Wenigkeit und meine kleine Schwester blieben eigentlich nur die Vorfreude und die sie begleitende Aufregung übrig. Würde Weihnachten bald kommen? Hatte das „Christkind" unsere Wunschzettel auch wirklich eingehend studiert? Würden wir am Heiligen Abend, der uns, einem uralten Ritual gleich, in die Kirche zur Christmette lockte, durch frisch gefallenen Schnee stapfen können?

Letzteres konnten wir nicht. Leider. Draußen herrschte trübes Regenwetter, und drinnen gab es „dicke Luft"! Papa hatte zum wiederholten Male am letzten Tag (das heißt am Heiligen Abend morgens) für fast geschenkt eine Tanne erstanden, die sehr das Missfallen von Mama erregte.

„Ja, sag mal, wo hast du denn *den* Krüppel aufgetrieben?!", rief sie in gereiztem Ton aus.

Papa konnte nichts anderes tun, als sich etwas verlegen mit folgenden Worten zu verteidigen: „Ich weiß gar nicht, was du hast! Der ist doch ganz in Ordnung. ... Die kahle Stelle da hinten drehen wir einfach zur Wand. Beim Einstielen achte ich darauf, dass man die Krümmung des Stammes nicht auf den ersten Blick sieht, keine Sorge. ... Und die kahlen Stellen auf der Vorderseite mache ich dicht."

Da waren wir aber zu dritt gespannt, wie Papa Letzteres zustande bringen wollte! Mit einem Schulterzucken der Resignation wandte Mama sich ab und begab sich zurück in die Küche, aus der sich der verführerische Duft frisch gebackener Weihnachtsplätzchen in unsere Näschen schlich. Während uns das Wasser im Munde zusammenlief, nahmen meine kleine Schwester und ich über alle Maßen neugierig auf dem Sofa Platz, um mucksmäuschenstill die weiteren Aktivitäten unseres Vaters zu beobachten.

Papa holte seine Werkzeugkiste aus dem Keller, entnahm ihr eine kleine handliche Säge und einen mittelgroßen Holzbohrer. Nach einigen nachdenklichen Blicken nebst ebenso vielen Umkreisungen des jämmerlich wirkenden Tannenbaums begann er mit der Tätigkeit der Verschönerung. Interessiert beobachteten meine Schwester und ich, wie er aus einer dicht mit Zweigen bewachsenen Stelle des Baumes ein paar Exemplare herausschnitt. Der Schweiß rann ihm bereits von der Stirn, als er anschließend qualvoll ein paar Löcher in die auserwählte „Vorderseite" des Gewächses bohrte und in filigraner Kleinarbeit die auserkorenen Zweige in sie hinein beförderte. Selbstzufrieden lächelnd betrachtete er danach sein vollbrachtes Kunstwerk und rief nach unserer Mutter.

„Naaaa, was sagst du nun?!", fragte er mit vor Stolz vibrierender Stimme. „Das habe ich doch wohl gut hingekriegt, was?!"

Voller Skepsis, mit vor der Brust verschlungenen Armen musterte Mutter das entstandene „Meisterwerk", bevor ihr in undefinierbarem Ton die Worte „Na ja" entfuhren.

„Kinder, zieht euch um, es wird Zeit, zur Kirche zu gehen!", befahl sie anschließend.

Diese Worte bedeuteten für uns, dass nun endlich der Heilige Abend begann. Während wir uns auf den Weg zur Kirche begaben, konnte Papa den von ihm wundersam verwandelten Baum und anschließend sich selbst schmücken, und - was für uns Kinder natürlich das Wichtigste war - das Christkind konnte endlich kommen. Aufgeregt harrte ich der Geschenke, die es hoffentlich bringen würde. Sie mussten nicht unbedingt von stattlicher Anzahl sein; es genügte, wenn ich die Babypuppe bekam, die ich in der Adventszeit bei einem Schnüffel-Streifzug durch die Wohnung auf dem Kleiderschrank entdeckt hatte. Mama hatte auf meine Frage hin zwar dezent erbleichend erklärt, dass die Puppe für meine Cousine Annegret sei und vom Christkind nur bei uns deponiert worden war, damit Cousinchen sie nicht vorher finden könne, aber ich glaubte ihr nicht. Ein inneres Stimmchen flüsterte mir zu, dass Mama da die Unwahrheit gesagt hatte ...

Die Christmette zog sich in die Länge, und das Gesichtchen meiner kleinen Schwester immer mehr in die Breite. Unruhig rutschte sie auf der harten Kirchenbank hin und her, ungeduldige Seufzer drangen aus ihrem Mund. Endlich war es so weit, dass wir, begleitet von festlichem Glockengeläut und den lauten Tönen eines auf dem Kirchturm platzierten Posaunenchors wieder den Heimweg antreten konnten. Als wir immer schneller werdenden Schrittes zu unserer Wohnung unterwegs waren, schenkte uns der Himmel statt des Regens sogar ein paar dicke Schneeflocken.

Endlich öffnete sich die Tür des Wohnzimmers; der üppig mit silbernen und goldenen Kugeln, mit Sternen - die von meinem großen Bruder in der Nachkriegszeit aus Zeitungspapier liebevoll gebastelt worden waren -, unzähligen weißen Wachskerzen und silbernem Lametta geschmückte Christbaum strahlte uns genauso an wie unser Vater, der mit stolzgeschwellter Brust, dunklem Anzug, blütenweißem Oberhemd nebst passender Krawatte vor seinem Kunstwerk stand. In der rechten Hand hielt er ein halbvolles Weinglas und jubelte uns mit etwas schwerer Zunge die Worte „Fröhliche Weihnachten" zu.

Vor Andacht verstummt, waren wir nicht in der Lage, Papas Gruß zu erwidern. Meine Blicke konnten sich vom Anblick der brennenden Kerzen ebenso wenig lösen wie von Papas etwas glasig wirkenden Augen und dem Gabentisch, der noch gähnende Leere aufwies. Tapfer versuchte ich, meine Enttäuschung zu verbergen und erwiderte Sekunden später mit heiserer Stimme Papas Gruß.

Es wurde eine lange, eine *sehr* lange Heilige Nacht. Meine kleine Schwester war noch zu klein, um über den leeren Gabentisch enttäuscht zu sein, also war ich mit meinem Kummer ganz allein. Eingebettet zwischen Mama, unserem Nesthäkchen und meiner großen Schwester verbrachte ich viele schlaflose Stunden, bis ich endlich gegen Morgen des ersten Weihnachtstages meinen Schlafplatz verließ und mich auf den Weg ins Wohnzimmer begab. Die Angst, ertappt zu werden, war lange nicht so groß wie die Furcht davor, dass mich eine neue Enttäuschung erwarten könnte.

Als ich erwartungsvoll den Lichtschalter im Wohnzimmer betätigte, strahlte mich wiederum der Christbaum an (die Kerzen waren zwar gelöscht, aber durch den Lichtstrahl der Deckenlampe glitzerte festlich das silberne Lametta); unter ihm auf dem mit einem großen weißen Tischtuch versehenen Gabentisch entdeckte ich prall mit Süßigkeiten gefüllte Weihnachtsteller aus Pappe und ... die Babypuppe, die laut Mamas Aussage für Cousine Annegret bestimmt war. Mit klopfendem Herzen eilte ich auf sie zu, um auf dem Schildchen, das sie um den Hals trug, *meinen* Namen zu entdecken. Von Freude überwältigt, schlug ich die Hände vor den Mund, um den Jubelschrei, der sicherlich den Rest der Familie brutal aus dem Schlaf gerissen hätte, im Keim zu ersticken.

Weihnachten kam alle Jahre wieder; mit Plätzchen- und Festbratenduft, erwartungsvollen Kirchgängen, verkrüppelten Tannenbäumen, die nicht nur einmal in schon etwas trockenem Zustand in Momenten unserer Unachtsamkeit von den brennenden Kerzen angezündet und fast bis aufs Gerippe abgefackelt wurden (in der Folge stand stets ein Eimer mit Löschwasser unter dem Tisch bereit), mit glühendem Wohnzimmer-Ofenrohr, weil Papa zu heftig geschürt hatte. So mancher um das Rohr gewickelte Putzlappen musste, um die Glut zu kühlen, sein Leben lassen. Einmal hatte ich Papa, der nichtsahnend und die

Zeitung lesend auf dem Sofa saß, unter „seinem" Tannenbaum begraben, weil ich diesen - von einer Freundin gerufen zum Fenster stürzend - zu Fall brachte. Noch heute höre ich gedanklich manchmal das feine Klingeln der Glöckchen, sehe vor meinem geistigen Auge das gerötete Gesicht meines Vaters, der mit vorwurfsvollem Blick durch die Tannenzweige lugte und entrüstet meinen Namen rief!

Weihnachten ist heute anders. Schon längst haben elektrische Kerzen ihre Vorgänger aus Wachs abgelöst, das Lametta hat Platz gemacht für anderen, jeweils „im Trend" liegenden Baumschmuck; ja, zeitweilig wurde gar der Baum selbst von einem Doppelgänger aus Kunststoff abgelöst. Heute besuchen wir - wenn überhaupt - mit dem Auto die Christmette, die Posaune blasenden Menschen wurden durch technisch erzeugte Musik ersetzt.

Heute sitzen nur noch selten Babypuppen unter dem Christbaum; sie wurden ersetzt durch Radios, Fernseher, CDs, DVDs, Laptops und andere technische Geräte, statt vorweihnachtlicher besinnlicher Adventsstimmung sind Hektik und Einkaufsrausch eingetreten. Was mir bleibt, ist die Erinnerung an Weihnachten, wie es einmal war, mit Mama und Papa, die trotz der umfangreichen Vorbereitungen für das Fest nie wirklich die Nerven verloren, mit durch eigene Stimmen erzeugtem und Instrumenten begleiteten Gesang, mit all den kleinen Malheuren, und mit etwas sehr wichtigem ... mit Beschaulichkeit. Die Erinnerung löst auch heute noch, nach vielen vergangenen Jahrzehnten, Freude in mir aus und lässt mich so manches Mal glücklich lächeln.

„Mein Vetter Heinz"

Schriebe man „Vetter" vorne mit F, so wäre der Buchstabe das Einzige, was an meinem Vetter Heinz jemals fett gewesen war. Um das Fette gleich zu Anfang auszumerzen, nenne ich Heinz in der Folge „Cousin", eine aus dem Französischen stammende Bezeichnung.

Heinz und eine weitere Cousine mütterlicherseits erblickten ziemlich nahe am Jahresende 1946 das Licht der nach dem letzten Krieg einigermaßen wiederhergestellten Welt, während ich mir bis zum Januar 1947 Zeit ließ, denn zu dem Zeitpunkt herrschte noch ein bisschen mehr Ordnung im Weltgefüge.

Sicherlich lag es nicht eben an der Tagesordnung, dass drei Schwestern beinahe gleichzeitig schwanger geworden waren. Auf keinen Fall aber hatten die angehenden Mütter das Malheur akribisch geplant. Gemunkelt wurde, dass eher die jeweiligen Väter eine diesbezügliche Wette abgeschlossen hatten. Aber müßig war es, darüber zu sinnieren, wer die Schuld an der Existenz der keimenden Leben in den Leibern der drei Frauen trug: Der angehende Nachwuchs ließ sich nicht mehr dorthin zurück schicken, wo er hergekommen war ...

Tante Auguste, die jüngste der drei Schwestern, kam als Erste nieder und wurde Mutter einer später bildhübschen Tochter (als Säugling sah sie keinesfalls so aus, als entpuppte sie sich jemals zu einer solchen), Tante Helene förderte etwas später Cousin Heinz, ihr viertes Kind, zutage, und schlussendlich schenkte Mama als Letzte mir, nicht eben zur Freude meiner älteren Geschwister, das kümmerliche Leben. Kümmerlich deshalb, weil ich von uns drei neugeborenen Schreihälsen der Kleinste war. (Dies sollte sich in späteren Jahren drastisch ändern, aber so weit sind wir noch nicht).

Cousine Karen, die Erstgeborene in der Familie meiner Tante, wurde von ihren Eltern und Oma und Opa herzlich willkommen geheißen, während meine und auch Cousin Heinzens wesentlich ältere Geschwister sich weniger erbaut von dem nicht mehr erwarteten Zuwachs zeigten. Schließlich spielten sie in ihren jeweiligen Familien nun nicht mehr die erste Geige; die Winzlinge erforderten die wesentlich größere Aufmerksamkeit der Eltern.

Wie die Natur es verlangt, blieben wir drei Familienzuwächse keine niedlichen kleinen Säuglinge, sondern wuchsen heran, krabbelten den jeweiligen Erwachsenen zwischen den Füßen herum, bis wir den Vierfüßlerstand aufgaben und letztendlich das Laufen beherrschten.

Im Laufe der Jahre wuchsen Karen und ich weiter, und zwar Cousin Heinz, dem das Wachstum offensichtlich nicht zu behagen schien, denn er versuchte erst gar nicht, mit uns mitzuhalten, über den Kopf. Im Familien- und Freundeskreis nannte man uns die „wandelnden Orgelpfeifen".

Die größte dieser Pfeifen war ICH; hatte ich doch stets, wie mir geheißen wurde, meinen Teller leer gegessen und auch nebenbei nichts Essbares unberührt herumliegen lassen. Karen, von klein auf eine Fitness-Fanatikerin wie sie im Buche steht, ernährte sich „gesund", schwamm sich jedes „verdächtige Gramm zu viel auf den Rippen" eisern von diesen wieder herunter, was ihr einstmals den Meistertitel im Schwimmen einbrachte. Hoch auf dem gelben Wagen wurde sie, mit Blumenkränzen um den Hals dekoriert, als beste Schwimmerin von Welper durch diesen ihren Heimatort kutschiert.

Da mir die Sportlichkeit leider *nicht* mit in die Wiege gelegt wurde, enthielt ich mich jeglicher Exkursionen dieser Art. Als Ausgleich für diese Schwäche hatten meine Eltern mir aber ihre Musikalität auf den Lebensweg mitgegeben; ich sang bereits als fünfjähriges Mädchen so gut (und auch laut), dass Passanten vor unserem Haus stehen blieben und andächtig lauschten.

Auch dem kleinen, zierlichen Heinz fehlte der Sinn fürs Sportliche. Als Entschädigung dafür war er mit einer *auf*fallenden und allen Menschen *ge*fallenden, ansteckend wirkenden Heiterkeit ausgestattet. Heinz lachte, auch wenn es eigentlich nichts zu lachen gab.

Sieben Jahre lang besuchten Heinz und ich dieselbe Schule, wurden demzufolge auch am selben Sonntag konfirmiert. Diese nicht zu ändernde Tatsache war Verursacherin dafür, dass in der Großfamilie panikartige Unruhe eintrat. Tagelang wurde darüber beraten (und teilweise sogar gestritten), wer von der weitläufigen Verwandtschaft bei wem der Konfirmationsfeier beiwohnen sollte. Da keine Einigung über dieses immens bedeutungsvolle Thema erzielt werden konnte, kam die Verwandtschaft überein, das Mittagessen im Familienkreis von Cousin Heinz einzunehmen, um zur gegebenen Zeit zum Kaffeeklatsch mich und meine nahen Angehörigen heimzusuchen.

In Begleitung des Herrn Pfarrers, der direkt nach der Einsegnung seiner „neuen Schäfchen" eine feuchtfröhliche Runde durch die betroffenen (und danach auch besoffenen) Familien hinter sich gebracht hatte und derenthalben recht unsicheren Schrittes einherging, erschienen Oma, Opa, Onkel, Tanten, Cousinen und Heinz mehr als gutgelaunt in unserem kleinen, festlich geschmückten Wohnzimmer.

Während meine Familie und ich aufgrund der Anwesenheit des Herrn Pfarrers so gut wie stumm um den Kaffeetisch herum saßen, verbreitete der Rest der Verwandtschaft ausgelassene Heiterkeit;

an ihrer Spitze Cousin Heinz, der an diesem bedeutungsvollen Tage „auch mal ein Schnäpschen zu sich nehmen" durfte. (Wie sich im Laufe des Tages herausstellte, waren es wesentlich mehr Schnäpse gewesen, die der vierzehnjährige Junge heimlich konsumiert hatte ...)

„Herr Pffff ... arrer; wenn ich schon ein Aaaa ... uto hätte, täte ich Sie jetzt nach Hause kutsch ... iieren", lallte Heinz lachend, als die fröhliche Konfirmations-Kaffeetafel gegen einundzwanzig Uhr abends aufgehoben wurde.

Ernsten Blickes erhob der geistliche Herr den rechten Zeigefinger, um das betrunkene Heinzchen in die Schranken zu verweisen. Dessen Angebot hatte den Gottesdiener anscheinend auf der Stelle ernüchtert.

„Hüte dich davor, am Steuer eines Autos erwischt zu werden, bevor du die benötigte Erlaubnis dazu erlangt hast", predigte er privat dem frisch konfirmierten Jungen, dem noch immer der Schalk im Nacken saß, wie seine blauen Augen deutlich verrieten.

Der Konfirmationstag war vorbei. Mama und ihre Schwestern beseitigten die Reste der Kaffeetafel, deckten die fürs Abendessen vorgesehenen Platten mit den unberührten, liebevoll gestalteten Schnittchen mit Butterbrotpapier ab, um sie anschließend in den Keller zum Kühlen zu schaffen. (Verspeist wurden sie im Laufe der nächsten Tage; schließlich sollte man ja nichts verkommen lassen!). Anschließend an das fürsorgliche Manöver sammelten meine Tanten und die dazugehörigen Onkel ihre Kinderschar ein, um mit ihnen den jeweiligen Heimweg anzutreten. Cousin Heinz, kaum noch Herr seiner Gebeine, benötigte dazu die Hilfe seines Vaters und großen Bruders ...

Die Jahre gingen dahin. Cousin Heinz hatte eine Lehre als Ankerwickler absolviert. Eine Tätigkeit, unter der die Verwandtschaft sich absolut nichts vorstellen konnte (*ich* im Übrigen auch nicht). Niemandem leuchtete es ein, dass die Anker eines Schiffes - aus welchem Grunde auch immer - gewickelt werden mussten. Bei kleinen Kindern lag dies an der Tagesordnung, mehrmals am Tage, und notfalls auch nachts. Aber bei Schiffsankern ...

Als während heftiger Diskussionen zwischen den männlichen Angehörigen die Bezeichnung Elektrowickler auftauchte, konnte man sich zwar noch immer kein konkretes Bild von dieser Berufstätigkeit machen, aber es schadete niemandem, wenn man geschlossen ein verständnisvolles „Ahaaaa" von sich gab.

Auch die Lehrjahre ließen Cousin Heinz nicht über sich selbst hinauswachsen. Er blieb ein körperlich kleiner Mann, der stets seine männliche Größe auf andere Art zu beweisen versuchte. Er begann zu rauchen, und auch alkoholischen Getränken drehte er nicht immer den Rücken zu.

Mehr oder weniger erfolgreich schaute er jedem Weiberrock hinterher ...

Als positiv männlich war dagegen seine Hilfs- und Einsatzbereitschaft zu betrachten. Traten irgendwann irgendwo Nöte auf, seien es kleinere oder größere, war Heinz stets zur Stelle. Für mich, seine erklärte Lieblingscousine, ließ er umgehend „alles stehen und liegen".

Nach öfter erfolgter Ermahnung meinerseits gewöhnte er sich das Rauchen wieder ab; der Alkoholgenuss beschränkte sich auf ein gelegentliches Bier. Als Erster in Sachen Führerschein und anschließendem Autobesitz half er mir während meiner Fahrstundenzeit beim „Büffeln" der nicht zu umgehenden Theorie. Hatte mein großer Bruder keine Zeit dazu, chauffierte Heinz mich zu den „Idiotenhügeln" (korrekt lautend „Verkehrsübungsplätzen"), ließ mich, ohne mit der Wimper zu zucken, sein Auto quälen, tröstete mich - selbst feuchten Auges - einfühlsam, als ich zu meiner Verzweiflung und unerwartet die praktische Fahrprüfung nicht bestand. Wie ein Schneekönig freute er sich mit mir, als ich nach Absolvierung dreier weiterer Fahrstunden beim „zweiten Anlauf" endlich die Fahrerlaubnis erlangte.

Heinz war zur Stelle, als ich - inzwischen selbst Besitzerin eines übermäßig gebrauchten Autos - mit defekter Kupplung desselben liegen blieb. Unter (rein theoretischer) Mithilfe meines Vaters installierte Heinz die neue Kupplung, fuhr anschließend persönlich Probe und freute sich abermals wie ein Schneekönig, errötend bis hinter die Ohren, über den Dankbarkeitskuss, den er von mir erhielt.

Im Laufe unseres gemeinsamen neunzehnten Jahres ließ sich erkennen, dass die Gefühle meines Vetters für mich nicht nur familiärer Natur zu sein schienen. Auffallend oft besuchte er meine Familie, unternahm mit mir Spritztouren mit seinem Auto, schenkte mir wohlwollende Blicke, die ihn oftmals vom Lenken des Autos ablenkten. Aufgrund langsam wachsender Fahrpraxis fiel mir auf, dass er während der Fahrt häufig Situationen herausforderte, die er nicht einzuschätzen und zu überblicken vermochte. Innerlich sehr bekümmert, zog ich mich zurück und musste eines Tages erfahren, dass Heinz sich wieder vermehrt mit seinen Kameraden traf, mit ihnen Karten spielte, „um die Häuser zog" und auch der Verführung, Alkohol zu konsumieren, nicht mehr stets widerstand.

„Heinz ist unterwegs", bemerkte mein großer Bruder des Öfteren sarkastisch. Auf meine Frage hin, woran er das erkennen wolle, antwortete er: „Das höre ich inzwischen schon am Quietschen der Reifen."

Mein Bruder behielt Recht. Heinz war unterwegs; aber er fuhr stets an unserem Haus vorbei.

Kurz vor dem gemeinsamen Erreichen des zwanzigsten Lebensjahres trat ein Ereignis ein, das mich und die Familie völlig aus der Bahn warf.

Cousin Heinz erlitt einen schweren Autounfall. Einer seiner Kameraden, der seine Freundin besuchen wollte, hatte zu viel Alkohol getrunken. Heinz, der stets hilfsbereite Freund, bot sich an, das Auto zu fahren.

Unterwegs traten plötzlich Umstände ein, die dazu führten, dass der junge Mann während eines Überholmanövers auf regennasser Fahrbahn die Kontrolle über das fremde Auto verlor. Dies hatte zur Folge, dass die schnelle Fahrt an einem großen, dickstämmigen Baum endete. Während seine beiden Freunde nur leichte Blessuren erlitten, wurde Heinz schwer verletzt. Einige Stunden nach dem tragischen Geschehen war sein Leben beendet, ohne dass er wieder zu Bewusstsein gekommen war.

Ich hatte meinen Vetter Heinz für immer verloren. Nur unter Einnahme von Beruhigungsmitteln ertrug ich die Trauerfeier, nahm wie betäubt wahr, dass seine Freunde es sich nicht hatten nehmen lassen, den Verstorbenen selbst zu Grabe zu tragen. Sie schämten sich nicht der Tränen, die ihnen während dieses letzten Freundschaftsdienstes unaufhaltsam über die Wangen liefen ...

Die Tragödie, den Cousin durch einen Autounfall verloren zu haben, führte dazu, dass ich erklärte, nie mehr das Lenkrad eines Autos zu berühren. Ich fiel in eine Nervenkrise, war viele Wochen lang arbeitsunfähig und blieb meinem Auto fern.

„Wenn du jetzt nicht wieder zu fahren anfängst, wirst du es nie mehr tun", redete mein großer Bruder mir nach sechs Wochen mit viel Geduld ins Gewissen. „Du musst und wirst die Blockade überwinden. Ich begleite dich gern, wenn du nicht allein fahren willst. Das Autofahren hat dir doch immer Spaß gemacht, und die Freude daran kehrt zurück, glaube mir. Sieh mal, solche tragischen Unfälle passieren tagtäglich. Wenn man nicht selbst irgendwie involviert ist, nimmt man nur kaum Notiz davon. ... Es war das Schicksal von Heinz, so jung und auf eine so schlimme Art sterben zu müssen. Aber ich glaube fest daran, dass er nicht gelitten hat. Dazu ging es zu schnell, und er war bestimmt nach dem Aufprall sofort bewusstlos ... Heinz war immer lustig und lebensfroh, das weißt du. Aber er war auch von Anfang an leider ein leichtsinniger Autofahrer, der sich und seinen Wagen nicht beherrschte. Du weißt, dass ich ihm einmal sagte, dass er, wenn er weiterhin so führe, eines Tages an einem Baum landen würde. Ich bin wahrlich nicht stolz darauf, dass meine Prophezeiung eingetroffen ist, das kannst du mir glauben. Im Gegenteil, es tut mir in der Seele weh. Aber es ist nun mal so geschehen. Heinz war kein guter Autofahrer, aber das war ihm selbst nicht bewusst, weil er gern fuhr."

An dieser Stelle unterbrach mein Bruder seinen Monolog, sah mir fest und ernst in die Augen, um dann fortzufahren.

„Glaube mir, er würde dir sehr übelnehmen, wenn du, seine Lieblingscousine, jetzt seinetwegen das Autofahren aufgeben würdest. Ich denke, er wird dein Schutzengel sein und aufpassen, dass dir nichts passiert."

Nach diesen Worten meines Bruders hatte der Stillstand meines Autos ein Ende. Cousin Heinz, der aus Hilfsbereitschaft so jung sein Leben verlor, würde immer bei mir sein.

Seit nunmehr fünfzig Jahren weilt er in einer anderen Welt, unvergessen und immer noch geliebt von seinen noch existierenden Angehörigen. Auch seine Grabstätte wurde längst eingeebnet; aber noch immer grüße ich meinen Cousin, wenn ich an dem großen Friedhof vorbei fahre. Und das geschieht recht oft, denn die Stadtautobahn führt in seiner unmittelbaren Nähe dort entlang.

„Oh, mein Papa"

Zwischen Papa und mir bestand immer ein ganz besonderes Vater-Tochter-Verhältnis. Vielleicht lag es daran, dass ich seine tapsige Teddybär-Art besaß; oder es lag daran, dass ich als Nachzügler nach zwölf Jahren Babypause ein kleiner „Lichtblick" war. Oder auch daran, dass ich seine Musikalität geerbt hatte. Schon während der Kleinkindphase nämlich war eine meiner Lieblingsbeschäftigungen das Singen. Ich sang still für mich allein im gemeinsamen Schlafzimmer, das mir auch als Spielzimmer diente, in unserer Wohnküche, während Mama dort fleißig hantierte; ich sang, wenn ich auf dem Klo oder in der Zinkbadewanne saß, ich sang überall. Am geöffneten Fenster bereitete es mir ganz besonderen Spaß, es hallte so schön laut in die Natur hinaus und erfreute somit auch noch unsere Nachbarn.

Bei Papa konnte ich fast nichts falsch machen. Selbst wenn ich in unserem kleinen Garten grüne Rhabarberstangen oder Unmengen unreifer Stachelbeeren in mich hinein schlang, lachte er nur; meine „versäuerte" Mimik schien ihn sehr zu amüsieren. An meiner Stelle wurde aber er dann ausgeschimpft.

„Wie kannst du dabei zusehen und auch noch Spaß daran haben?!", rief Mama fassungslos. „Das Kind verdirbt sich den Magen, bekommt Bauchschmerzen und Durchfall!"

„Dann weiß sie wenigstens, dass man nichts Unreifes essen sollte und tut das nicht ein zweites Mal", äußerte Papa seine pädagogisch angehauchte Theorie. Wenn er mich tadelte und dabei statt meines Kosenamens den Taufnamen aussprach, hatte das jeweils handfestere Gründe. Dann hatte ich etwas wirklich Schlimmes angestellt, und es war nicht mehr möglich, dass er „beide Augen zudrücken" konnte.

Papa hatte eine recht eigenwillige Lebensart.

„Man merkt, dass er auf einem Bauernhof aufgewachsen ist", behauptete Mama oftmals kopfschüttelnd, oder „Benehmen ist Glücksache."

Ja, Papa war auf dem Land groß geworden, hatte keine Hochschule besucht und auch nicht studiert, aber er besaß einen gesunden Menschenverstand und hatte das Herz auf dem rechten Fleck. Für seine Familie sorgte er stets kompromisslos. Unzählige Kilometer legte er nach dem Krieg mit seinem betagten Fahrrad zurück, um auf „Hamsterfahrten" im Münsterland Nahrungsmittel zusammenzukratzen. Nicht selten kehrte er erst bei Nacht und Nebel, einmal sogar mit einer „Acht" im Rad zurück, auf dem Rücken einen prall gefüllten Kartoffelsack und an der Lenkstange Taschen mit weiteren wichtigen Lebensmitteln. Diese Phase kannte ich allerdings nur aus Erzählungen der Familie, oder aus Papas Schilderungen, denn er gab seine Erlebnisse während diverser Feiern immer wieder gern zum Besten.

Ich liebte Papa so, wie er war! Was hätte ich auch von einem Vater gehabt, der studierte, um irgendeine höhere Position in irgendeiner großen Firma zu erhalten und dann vielleicht ständig unterwegs zu sein und demzufolge keine Zeit mehr für seine Familie zu haben?!

Auch Mama hatte ihn gern, obwohl er ihr oft Anlass zu Beschwerden gab, vielleicht nicht eben ihr Traummann war, und obwohl sein Benehmen in der Öffentlichkeit manchmal zu wünschen übrig ließ.

Was sehr Mamas Missfallen auslöste, war die Tatsache, dass Papa oftmals auch während des Mittagessens eifrig die Tageszeitung studierte. Wenn er von der Morgenschicht kam, war für uns bereits der frühe Nachmittag angebrochen. Demzufolge hatten wir meistens schon ohne Papa mit dem Mittagessen begonnen. Oft genug geschah es, dass wir bereits beim Nachtisch angelangt waren und Papa nicht einmal mit dem Verzehr der Vorsuppe begonnen hatte. So auch an einem denkwürdigen Tag im Sommer 1959.

Mama, meine kleine Schwester und ich ließen uns Vanillepudding mit Himbeersaft munden, während wir von unserem Familienoberhaupt nur die Hände sehen konnten, die fest die Zeitung hielten. Die Nudelsuppe in seinem Teller hatte bereits aufgehört zu dampfen, aber Papa hatte sie noch keines Blickes gewürdigt.

„Fritz, nun leg doch bitte wenigstens während des Essens die Zeitung weg", bat Mama in vorwurfsvollem Ton. „Das tut man doch nicht. Wie sollen die Mädchen Manieren lernen, wenn *du* während des Essens die Zeitung liest?!"

Entweder missachtete Vater ihre Worte, oder er vernahm sie nicht. Ohne den Blick von der Zeitung zu lösen, tastete er blindlings nach der Maggiflasche, um seine inzwischen fast erkaltete Suppe nachzuwürzen. Ehe man sich versah, hatte er die Flasche mit dem Himbeersirup in der Hand und brachte sie in Kippstellung. Langsam tropfte die rote Flüssigkeit zwischen die Suppennudeln …

„Pappa!!", riefen meine kleine Schwester und ich laut, wie aus einem Munde. Erschrocken fuhr Papa zusammen und verlor komplett die Gewalt über die Saftflasche; ein kräftiger Schuss Himbeersirup ergoss sich in den Teller und färbte die Nudelsuppe blutrot.

Während Papa etwas verwirrt in den Teller starrte, brachen meine Schwester und ich in schallendes Gelächter aus, in das auch unsere Mutter Sekunden später einstimmte.

„Siehst du; das hast du nun davon!", prustete sie lachend und fügte tadelnd hinzu: „Aber es geschieht dir ganz recht! Warum hast du auch die Zeitung nicht beiseitegelegt!"

Papa wehrte sich mit den Worten: „Warum hast *du* die beiden Flaschen nebeneinander gestellt?! Das sieht ja fast so aus, als sollte ich absichtlich in die Falle gelockt werden."

Aufgrund dieser Unterstellung erlosch Mamas Lachen. Empört rief sie aus: „Das ist ja unglaublich! Jetzt willst du *mir* die Schuld für deine Schusseligkeit in die Schuhe schieben?! Das ist ja ungeheuerlich ... aber so typisch für euch Männer!"

Ob der Erkenntnis, bei dem Versuch, die Tatsachen zu verdrehen, ertappt worden zu sein, errötete Papa wie ein Backfisch, aber er war tapfer. Schmunzelnd ergriff er den Löffel, rührte die Suppe sorgfältig um und begann, die nun restlos erkaltete rote Brühe zu verspeisen. Verblüfft sahen wir ihm zu, wie er, ohne eine Miene zu verziehen, heldenhaft einen gefüllten Löffel nach dem anderen zum Munde führte.

„Igitt!", rief meine kleine Schwester und schüttelte sich. „Das muss ja eklig schmecken! Kalte süße Nudelsuppe! Igitt!"

Mama starrte Papa sekundenlang verblüfft an. Als sie sich wieder gefangen hatte, rief sie kopfschüttelnd: „Fritz, so hör doch auf! Das kann man doch nicht mehr essen!"

Papa ließ sich nicht beirren. Er tat die Meinung kund, dass es doch zu schade sei, die gute Suppe in den Ausguss zu befördern. Eisern leerte er den Teller und tupfte sich anschließend unter zufriedenem Lächeln mit seinem Taschentuch den Mund ab.

„Die Suppe, die man sich selbst eingebrockt hat, muss man auch selbst auslöffeln. Merkt euch das fürs Leben", erklärte er uns Kindern anschließend mit ernster Miene und erhobenem Zeigefinger. Wie würden wir das jemals vergessen können; hatte er uns diese Weisheit doch soeben im wahrsten Sinne des Wortes anschaulich vorexerziert.

Die Jahre meines Heranwachsens vergingen wie im Fluge. Auch während meiner Lehrjahre stand ich unter Papas Fittichen. Stets hielt er schützend die Hand über mich. Wollte mein Lehrherr den Jahresurlaub in der von mir gewünschten Zeit nicht genehmigen, so kämpfte Papa ihn für mich durch. Fühlte ich mich ungerecht behandelt oder gar ausgenutzt, führte Papa endlose Debatten mit meinem Lehrherrn; schließlich war ich mit meinen vierzehn Jahren immer noch ein Kind, das sich noch nicht selbst verteidigen konnte und seine eigene Meinung einem Vorgesetzten gegenüber noch nicht äußern durfte.

Ich hatte das achtzehnte Lebensjahr erreicht, voller Stolz den Führerschein erworben und war in Begleitung beider Eltern unterwegs, um ein preisgünstiges gebrauchtes Auto zu erwerben. Da ich als junge Angestellte inzwischen ein ansehnliches Gehalt bekam, aber die Volljährigkeit noch nicht erreicht hatte, durfte ich „mein" Auto zwar selbst bezahlen, aber noch keinen Kaufvertrag unterzeichnen. Dieses Amt oblag meinem Vater.

„Oh, seht mal! Ist *der* nicht schön?!", rief ich enthusiastisch aus und drückte meine Nase an der Schaufensterscheibe eines Gebrauchtwagenladens platt. Ich liebäugelte mit einem hellgrünen Opel Rekord älteren Baujahres, der mit seinem weiß lackierten Dach und in blank poliertem Zustand wahnsinnig gut aussah! Auch der Kaufpreis, der uns eigentlich hätte stutzig machen müssen, imponierte uns. Man konnte das Fahrzeug sozusagen „für einen Appel und ein Ei" erwerben.

Papa - der von seiner Statur her respekteinflößend wirkte, in punkto Automobil aber so gut wie keine Ahnung hatte - versuchte, bei der Verhandlung mit dem übereifrigen Verkäufer fachmännisch geschult zu wirken. Er umrundete den Opel mehrmals, berührte hier und da sanft das Blech, prüfte das Reifenprofil an allen vier Rädern, kontrollierte die Einstellung des Außenspiegels, um letztendlich anerkennend lächelnd den Kaufvertrag zu unterschreiben.

Ein paar Tage später, als wir das günstig erworbene Auto abholen wollten, mussten wir enttäuscht feststellen, dass wir ein blechernes „Windei" erworben hatten. Man hatte es aus dem Schaufenster entfernt und in einer Nebenstraße abgestellt. Der Mann meiner großen Schwester, der zu meiner Verstärkung mitgekommen war, maß das Fahrzeug mit ernsten Blicken, bevor er bemerkte:

„Tja, so auf den ersten Blick und von *außen* sieht er ja noch ganz gut aus ..."

Ich wartete auf das Aber, das mein Schwager jedoch für sich behielt. Er nahm auf dem Fahrersitz Platz, um den Motor in Gang zu setzen. Schelmisch lächelnd sah er mich an und sagte: „Dann wollen wir doch mal sehen, ob das Herz noch richtig schlägt!"

Aufgeregt schlang ich meine Hände im Schoß ineinander. Eindeutig war es *mein* Herz, das laut und schnell schlug, nicht das des Opels, denn so sehr mein Schwager sich auch bemühte, den Motor zu starten, so wenig geschah und umso länger wurden unsere Gesichter.

„Diese Gangster kaufe ich mir jetzt!", erklärte Papa in drohendem Ton. Nur mit sanfter Gewalt konnte mein Schwager seinen erbosten Schwiegervater davon abhalten, die Autohändler wüst zu beschimpfen.

„Bleib hier! Das nützt doch jetzt nichts mehr! Du hast den Vertrag unterschrieben. Die Klausel *gekauft wie besehen* ist dir wahrscheinlich nicht aufgefallen, oder? Ihr hättet vor dem Kauf auf einer Probefahrt bestehen sollen! Zumindest hätte der Motor einmal gestartet werden müssen. Solche Kunden wie euch lieben diese Leute; mit denen haben sie ein leichtes Spiel. Die brächten es fertig, bis zur letzten Instanz zu gehen und würden wahrscheinlich sogar gewinnen. Dann könntet ihr an den Kaufpreis noch eine Null dranhängen, so teuer käme euch ein Gerichtsprozess zu stehen!"

Papa grollte und schmollte vor sich hin, während mein Schwager mit ernster Miene weitere Versuche unternahm, den Motor in Gang zu setzen. Als wir schon alle Hoffnungen fahren lassen hatten und der Anlasser nur noch klägliche Jammerlaute von sich gab, sprang der Motor doch noch an.

Mein Schwager überließ mir den Platz auf dem Fahrersitz. Voller Stolz lenkte ich mein erstes eigenes Auto und fühlte mich dabei wie eine Königin. Kein Fahrlehrer der Welt konnte mir mehr Vorschriften machen, ich war nun mein „eigener Herr" auf der Landstraße!

„Klack!", sagte der Anlasser am nächsten Morgen, als ich ihn betätigte, um zur Arbeit zu fahren. Beim zweiten Versuch fiel selbst das „Klack" aus. Maßlos enttäuscht ließ ich mein „neues" Auto am Straßenrand stehen und begab mich auf den Weg zur Bushaltestelle.

Diese enttäuschende Erfahrung wiederholte sich in den nächsten vier Tagen. Viermal kam ich zu spät ins Büro, weil ich dank Fridolin (so hatte ich mein erstes Auto „getauft") dazu gezwungen war, den Bus zu benutzen.

„Warte ab. Morgen klappt es bestimmt. Weißt du, die Batterie muss sich erst erholen. Wir haben sie beim Abholen des Autos wohl überstrapaziert", klärte Papa mich fachmännisch auf, um mich zu trösten.

„Hoffentlich!", gab ich traurig von mir. „Die Kollegen glauben mir schon gar nicht mehr, dass ich überhaupt ein Auto habe!"

Als ich am fünften Tag aus dem Büro zurückkehrte, erblickte ich schon aus der Ferne zwei Paar Männerbeine, die vor meinem Auto standen. Die restlichen Körperteile der dazugehörigen Männer waren nicht zu sehen, sie steckten unter der weit geöffneten Motorhaube.

„Ach du meine Güte ... lieber Himmel ... ist so was möglich ... wie konntet ihr euch so einen Schrotthaufen andrehen lassen!", vernahm ich die entsetzte Stimme meines Bruders, der von Papa zu Hilfe gerufen worden war. Im Gegensatz zu Papa verstand mein großer Bruder nämlich etwas von Automobilen; den Großteil seiner Freizeit bastelte er an seinem eigenen und den Autos seiner Bekannten herum.

„Schau dir die Batterie an! Ich habe ja schon einiges gesehen, aber so ein Ding ist mir noch nie untergekommen", erklärte er, nachdem er mich mit ölverschmierter Hand begrüßt hatte. „Die Zellen haben sich ausgebeult, und die ausgelaufene Säure schäumt überall runter. Also, es grenzt an ein Wunder, dass ihr den Karren überhaupt einmal in Gang gekriegt habt!"

Nach dieser Erklärung legte er sich bäuchlings auf den Asphalt, um das Auto von unten zu betrachten.

„Oh nein! Oh Gott, oh Gott, oh Gott", hörte ich ihn entsetzt rufen, bevor er wieder in meinem

Blickfeld auftauchte. Mit sehr ernstem Blick sah er mich an, um anschließend die festgestellte Situation zu schildern.

„Ich warne dich. Bei Regenwetter würde ich mit dem Ding nicht fahren; dann kriegst du nämlich nasse Füße!", erklärte er. „Die Einstiegholme sind fast durchgerostet, auf der ganzen Front sind Roststellen in der Karosserie, der Auspuff hängt nur noch an einem Faden. Bei der nächsten Unebenheit fällt der ab!"

Schweigend blickte er anschließend in Vaters bekümmertes Gesicht, bevor er fragte:

„Was habt ihr für den bezahlt? Tausend Mark? Das sind glatte neunhundert zu viel! Den hätte *ich* nicht mal mehr als Geschenk angenommen!"

Papa und ich blickten betrübt auf Fridolin. Er tat uns beiden über alle Maßen Leid ...

Mein Bruder versprach, eine neue Batterie zu besorgen, damit ich das Auto wenigstens einmal zu meiner Verteidigung meinen Kollegen vorführen konnte. Des Weiteren wollte er sich darum kümmern, dass das Auto - notdürftig - von unten abgedichtet würde, um zu vermeiden, dass ich „plötzlich mit den Füßen auf der Fahrbahn" stand.

„Wenn ich mir das Kennzeichen so anschaue, kann ich nur sagen, das passt genau zu der Karre: BO-W ... Da fehlen nur noch ein paar Buchstaben ...", erklärte mein Bruder sarkastisch. Anschließend zog er mich etwas beiseite, um außerhalb Papas akustischer Reichweite zu gelangen. „Ich würde an eurer Stelle versuchen, das Vehikel möglichst schnell wieder loszuwerden. Vielleicht findet sich irgendein Vollidiot ...", empfahl er eindringlich.

Bekümmert dachte ich über den Rat meines Bruders nach, entschied mich aber letztendlich dazu, meinen Fridolin zu behalten. Er schlug sich tapfer, auch wenn er des Öfteren mitten auf der großen Kreuzung, die ich auf dem Weg zum Büro passieren musste, stehen blieb und keinen Mucks mehr von sich gab. Gottlob gab es jeweils Kavaliere, die herbei eilten und mich mitsamt dem Auto auf einen Seitenstreifen schoben.

Fridolin erhielt zu der neuen Batterie neue Zündkerzen, ein neues Auspuffrohr, die Lager im rechten Hinterrad wurden ausgetauscht. Als ich eines Tages die Fahrertür zu heftig schloss, hatte dies zur Folge, dass die Fensterscheibe hinunter fiel und in der Türverkleidung verschwand. Mein großer Bruder eilte abermals zu Hilfe, entfernte in mühsamer Arbeit die Verkleidung, um anschließend feststellen zu müssen, dass sämtliche Halterungen und Führungen für die Scheibe durchgerostet waren. Notgedrungen verbrachte Fridolin zwei Tage und zwei Nächte in der Garage einer kleinen Kfz-Werkstatt; die Beschaffung der nötigen Ersatzteile bereitete einige Schwierigkeiten.

Papa und ich liebten Fridolin trotzdem. Wir liebten ihn, obwohl er uns in kalten Wintertagen so manches Mal schnöde im Stich ließ, auch wenn die Fensterscheiben von innen zufroren und Papa mühsam ein Guckloch ins Eis kratzen musste, damit ich wenigstens notdürftige Sicht bekam, obwohl ab und zu bei einsetzendem Regen nur *ein* Scheibenwischer (natürlich - Fridolin-typisch - der auf der Beifahrerseite) funktionierte.

Papa liebte das spröde Fahrzeug fast noch mehr als ich, denn an schönen sonnigen Samstagen wusch und polierte er es aufopfernd viele Stunden lang. Papa begleitete mich auf allen Ausflugsfahrten, er saß mir eisern zur Seite, während ich meine ersten hundert Kilometer durch Wald und Feld fuhr, um Fahrpraxis zu erlangen.

„Möglicherweise bleibst du irgendwo in der Wildnis stehen und bist auf fremde Hilfe angewiesen. Das ist viel zu gefährlich für ein junges Mädchen allein!", begründete er besorgt seine Mitfahr-Bereitschaft.

Papa übernahm das Überprüfen des Motorölstandes und auch das Nachfüllen des Öls. Letzteres geschah in kurzen Abständen, da es sich schnell herausstellte, dass Fridolin ein recht gieriger „Ölfresser" war. Allerdings kam es anfangs einmal vor, dass Papa in Unkenntnis der technischen Gegebenheiten in mühsamer Feinarbeit versuchte, das Öl in die kleine Öffnung, die eigens für den Messstab bestimmt war, einzufüllen.

Papa war auch dabei, als ich mich nach etwas mehr als einem Jahr dazu entschließen musste, Fridolin endgültig Lebewohl zu sagen. Er war dabei, als der „Vollidiot" kam, mir achthundert Mark in die Hände drückte und mit meinem „Vehikel" davon fuhr.

„Bitte, informieren Sie uns, wenn Sie angekommen sind, ja?", bat Papa fast flehend, während sich mein Gesicht mit Verlegenheitsröte überzog; wusste ich doch genau, warum Papa die eindringliche Bitte ausgesprochen hatte.

Fridolin bewältigte den weiten Weg bis in die Türkei, in der sein großzügiger Käufer beheimatet war, „mühelos" und trieb auch dort noch munter sein Unwesen, wie uns per Ansichtskarte mitgeteilt wurde. Den Stein, der mir daraufhin vom Herzen fiel, konnte man fast plumpsen hören.

Der Moment, in dem Papa und ich mit feuchten Augen dem entschwindenden Opel nachblickten, ist mir bis heute erinnerlich geblieben. Zwar gab es nachfolgend noch weitere Autos, um die sich Papa ebenso kümmerte, aber er tat es nie mehr mit einer solch aufopfernden Innigkeit, wie er Fridolin, unser erstes eigenes Auto, gepflegt hatte ...

„Onkel Fritz und Tante Änne"

Eigentlich waren die beiden keine richtigen Verwandten, sondern Freunde meiner Eltern, und das von Jugendbeinen an. Aber wir Nachkommen durften sie trotzdem „Tante und Onkel" nennen, denn eine Anrede nur mit den Vornamen gehörte sich für uns Kinder nicht. Jedenfalls nicht in der Zeit vor und nach dem Krieg.

Onkel Fritz und Tante Änne glichen sich äußerlich wie ein Ei dem anderen; und genauso sahen sie auch aus. Die Konturen ihrer Körper ähnelten sich so sehr, dass sie hätten eineiige Zwillinge sein können. Das waren sie natürlich nicht, denn sonst hätten sie ja nie heiraten können.

Tante Änne wurde von mir insgeheim als „Glucke" bezeichnet. Nicht nur, weil sie wie eine solche aussah, sondern auch, weil sie sich wie eine Glucke verhielt. Wo sie einmal saß, da saß sie. Und das über Stunden. Nur ihr Kopf bewegte sich hier und da in alle Richtungen. Wäre das nicht der Fall gewesen, hätte sie ja nichts von der Unterhaltung um sie herum mitbekommen, denn neu- und wissbegierig war sie schon, die Tante.

Und sie gab zu allen Themen ihren Senf dazu, ob es passte oder nicht; schließlich war sie weltoffen und erfahren, zumindest ihrer eigenen Meinung nach.

Onkel Fritz war Metzgermeister im familieneigenen Betrieb. Diesem Beruf hatte er sich nach und nach voll und ganz angepasst; seine Körperform glich einer zu kurz geratenen, nach allen Seiten hin voluminösen Fleischwurst. Weil sich zwischen seinem kahlen Hinterkopf und dem Nacken eine tiefe Falte gebildet hatte, die bei jeder Kopfbewegung Veränderungen zeigte, wurde der Anblick später von einem meiner Neffen als „lachendes Baby" bezeichnet.

Tante Änne lernte Onkel Fritz kennen, als sie nach Beendigung ihrer Ausbildung zur Metzgereifachverkäuferin diese Tätigkeit in seinem Betrieb ausüben durfte.

Wie das Leben (oder besser gesagt die Intrige der Familienoberhäupter) so spielte, verguckte sich die junge, dralle Änne in ihren Chef; und sie hatte das Glück, dass es ihm nicht anders erging, denn auch er machte ihr schöne Augen.

Im Laufe des Lebens verlor das Metzgerehepaar nach und nach immer mehr die äußere Form. Als Tante Änne mit ihrem ersten (und einzigen) Kind schwanger ging, sah ihr das bis zur Entbindung zum Glück niemand an. Zum Glück deshalb, weil der Metzgersohn als Dreimonatskind auf die Welt kam. Um das (Un)glück perfekt zu machen, verlieh man ihm den Vornamen seines Vaters; schließlich war er zu klein, um sich dagegen wehren zu können.

Der junge Fritz wurde zwar Spielgefährte meiner älteren Geschwister, aber kein Metzger, wie sich in späteren Jahren herausstellte. Obwohl auch er nach und nach die Körperform seiner Eltern aufwies, zeigte sich in Bezug auf die Berufswahl keinerlei Ähnlichkeit.

Um ihren Kummer über den im Hinblick auf die traditionelle Berufswahl „missratenen Sohn" zu überspielen, kümmerte Tante Änne sich gehäuft um die Nachkommenschaft meiner Eltern, und später auch um die Kinder meiner älteren Geschwister.

Wo sie saß, da saß sie. Das erwähnte ich bereits. Da in unserer Familie stets reichliche Mengen beschädigter Socken anfielen, entpuppte Tante Änne sich als Virtuosin an der Stopfnadel; eine Tatsache, die sie zum stundenlangen Herumsitzen geradezu verpflichtete. Tante Änne konnte stopfen, ohne hinzugucken! Diese Fertigkeit hatte sie sich angeeignet, um ihre Augen und Ohren voll und ganz auf das um sie herum geschehende Leben der Familie richten zu können.

Onkel Fritz und Tante Änne wurden älter, und wir Kinder wuchsen heran, wurden erwachsen. Während Onkel Fritz sich weiterhin um das Gelingen der hauseigenen Metzgerei-Produkte kümmerte, überwachte Tante Änne das Liebesleben meiner älteren Geschwister. Ob erwünscht oder nicht: Tante Änne gab ihren Senf dazu, teilte ungefragt Meinungen und Schimpfkanonaden aus, bis es den betreffenden Personen zu bunt wurde, und sie sich jegliche Einmischung strengstens verbaten!

Tante Änne zog sich zurück; zumindest für eine Weile. Als jedoch die ersten Nachkommen meiner älteren Geschwister zur Welt kamen, die jungen Eltern heillos überfordert waren, gedachte man der Haushaltshilfsdienste der inzwischen ziemlich betagten Metzgergattin.

Tante Änne frohlockte. Da ihr selbst das Großmutter-Glück bis dato versagt geblieben war (die Versuche ihres kugelrunden Sohnes, bei einer der geschlechtsgereiften und heiratsfähigen Töchter in meiner Familie andocken zu können, scheiterten jeweils kläglich), trat sie nur zu gern die in den Haushalten anfallenden Tätigkeiten an. Natürlich achtete sie streng darauf, dass diese in sitzender Position erledigt werden konnten.

Onkel Fritz fertigte meterweise Fleischwürste an, kochte eifrig Schweine- und Rinderblut für die herzustellenden Blutwürste; seine Gattin kochte derweil Haferbrei für den Nachwuchs in meiner Familie.

Als auch ich im heiratsfähigen Alter war (und das war sehr früh der Fall, rein körperlich betrachtet), wurde Tante Änne auch für mich Beraterin in Liebesdingen, obwohl ich mich heftig dagegen wehrte. Da aber auch *ich* den gehäuften Eroberungsattacken seitens ihres kugelrunden Sohnes widerstand, suchte sie aus den diesbezüglichen

Anzeigen in der Tageszeitung den für mich passenden angehenden Ehegatten. Jeglicher Widerstand meinerseits gegen diesen Einsatz blieb zwecklos; Tante Änne meinte es schließlich gut!

Nach und nach fanden wir Geschwister unser (mehr oder weniger funktionierendes) Lebensglück, auch ohne Tante Ännes diesbezüglichen Einsatz.

Die Jahre gingen dahin; Tante Ännes stark dauergewelltes, schütteres Haar war inzwischen stark ergraut; die Lachfalte in Onkel Fritzens Nacken hatte Zuwachs bekommen, als die Hochzeit meiner ältesten Nichte anstand.

Wie bereits an anderer Stelle erwähnt, verfügte Mama über einen großen Einkochkessel, der oftmals auch zum Herstellen größerer Mengen von Eintöpfen genutzt wurde (mein Bruder nannte ihn „Hordentopf"), den meine Nichte sich auslieh, um am Polterabend in ihm größere Mengen Würstchen zu erhitzen.

Als Mama wie nebenbei erklärte, dass der Topf seinerzeit oftmals auch zum Auskochen der anfallenden Windeln herhalten musste (Pampers gab es schließlich damals noch nicht), kamen die Familienmitglieder überein, lieber auf seinen Einsatz zu verzichten.

„Aber, aber. Det macht doch janischt", erklärte Onkel Fritz grinsend. „Im Gegenteil. Macht euch keinen Kopp, denn det is sogar gut für die Würschte. Dadurch wird die Pelle richtich schön weich."

Glauben schenken wollte ihm zunächst niemand; bis er mit ernster Miene erklärte, dass es „usus" sei, in der Wurstküche beim Herstellen dem Kochgut eine geringe Menge Waschpulver beizufügen.

Onkel Fritz und Tante Änne haben, genau wie unsere Eltern, längst das Zeitliche gesegnet; aber die Erinnerungen an sie werden uns begleiten, bis auch wir den letzten Weg alles Irdischen antreten müssen. Und, wer weiß, vielleicht gibt es auch in der Ewigkeit ein Stübchen, in dem Tante Änne, gemeinsam mit anderen seligen Hausfrauen, die anfallenden Stopfarbeiten erledigt.

„Helmut P."

„Sternchen" nannte mich Helmut, den ich neunzehnjährig in einem Tanzlokal kennenlernte.

Seinerzeit lernte man sich fast ausschließlich in Tanzlokalen kennen; andere Möglichkeiten (außer der, ein Zeitungsinserat aufzugeben oder auf ein solches zu antworten) gab es kaum. Wenn man als junges Mädchen viel Glück hatte, konnte man sich vielleicht seinen Chef angeln, wie es in einigen Spielfilmen erfolgreich geschah. Im Nachhinein betrachtet, hätte *ich* im wirklichen Leben allerdings alle meine Chefs als Ehemänner rigoros abgelehnt, selbst dann, wenn einer von ihnen mich dazu auserkoren hätte, seine Gattin zu werden.

Ich traf im Beisein meiner Freundin Gerda, die schon mit mir gemeinsam die Schulbank gedrückt hatte, in einem Tanzlokal auf Helmut, einen fast zwei Meter großen, schlaksigen, flachsblonden jungen Mann, der mit einem dunklen Anzug nebst Krawatte bekleidet sehr seriös wirkte, traumhaft tanzte und auch das Einschmeicheln in eine unerfahrene Mädchenseele meisterhaft verstand.

Helmut wiederum befand sich in Begleitung seines Freundes Walter, der sich umgehend daran machte, meine Freundin zu umgarnen, was ihm auch auf der Stelle Erfolg einbrachte, denn auch er war ein fabelhafter Tänzer.

Nach einem wunderschönen Abend, den wir in ausgelassener Stimmung und fast ununterbrochen tanzend gemeinsam verbrachten, erbot sich Walter als stolzer Besitzer eines alten Volkswagens, uns nach Hause chauffieren zu dürfen.

Da wir Mädchen die Hinfahrt mit dem Linienbus unternommen hatten, nahmen wir das großzügige Angebot des jungen Mannes nur zu gern an. Es war inzwischen recht weit nach Mitternacht, die öffentlichen Verkehrsmittel fuhren nur noch im Stundentakt, und die Kosten für ein Taxi könnten wir uns sparen, erklärte Walter.

„Es ist eine so schöne Nacht. Wir fahren noch ein wenig spazieren!", bestimmte er unterwegs mit erhobener Stimme, denn es war nicht ganz leicht, den sehr lauten Motor des alten Volkswagens zu übertönen.

Gerda, die neben dem Fahrer Platz genommen hatte, drehte sich um und sagte: „Ich bin damit einverstanden. Du doch sicher auch, oder?"
Der Blick, mit dem sie mich ansah, gab mir deutlich zu verstehen, dass jegliche Widerrede zwecklos war.

„Also ... ich weiß nicht ...", druckste ich trotzdem kleinlaut herum. Schließlich waren wir in Begleitung zweier wildfremder Männer, und zwischen uns und unserer Volljährigkeit lag noch eine Wegstrecke von zwei Jahren. Wir würden Schwierigkeiten bekommen; unsere Eltern würden ...

„Mensch!", unterbrach meine Freundin meine ängstlichen Gedanken. „Stell dich nicht so an! Wir sind doch keine Babys mehr und können schon auf uns aufpassen. Deine Eltern werden dich schon nicht gleich fressen, wenn du mal etwas später nach Hause kommst als sonst!"

Nein; „fressen" würden mich meine Eltern gewiss nicht, das wusste ich auch. Aber ich wusste auch inzwischen aus Erfahrung, dass Mama vor meiner Heimkehr kein Auge zumachen würde. Jedes Mal, wenn ich des Nachts vom Tanzen zurückkam, den Wohnungsschlüssel so geräuschlos wie möglich im Schloss umdrehte und auf leisen Sohlen in die Wohnung schlich, erschien sie im Nachthemd und mit übermüdetem Gesicht im Rahmen der Schlafzimmertür.

„MAMA!", rief ich jedes Mal erschrocken.

„Irgendwann falle ich vor Schreck tot um, wenn du wie ein Geist da in der Tür stehst!", rügte ich sie anschließend im Flüsterton, um nicht auch noch den Rest der Familie mobil zu machen.

„Ach, Kind, gut, dass du endlich da bist", flüsterte Mama jedes Mal zurück. „Ich kann doch nicht schlafen, bevor nicht alle zu Hause sind."

Doch nun zurück zum aktuellen Geschehen:

„Komm, Sternchen", flüsterte die schmeichelnde Stimme Helmuts an meinem linken Ohr. Er hatte seinen rechten Arm um meine Schultern gelegt, um mich vor der herrschenden Kälte im heizungslosen Auto zu schützen. Sein Arm steckte im Ärmel eines kuscheligen Kamelhaarmantels und strahlte wirklich behagliche Wärme aus.

„Spring mal über deinen Schatten und sag Ja", bat Helmut und hauchte einen zaghaften Kuss auf meine linke Wange.

Vorsichtshalber rutschte ich ein paar Zentimeter beiseite (Helmut besaß einen sehr langen rechten Arm, denn er ließ mich trotzdem nicht los) und ergab mich in mein von meiner Freundin freudig bejahtes Schicksal, während Helmut mir fürsorglich auch noch seinen warmen, tannengrünen Wollschal um den Hals wickelte.

Nach einigen Kilometern unterbrachen wir die nächtliche Spazierfahrt; Walter kannte in einem Waldgebiet eine Kneipe, die durchgehend und illegal bis morgens um fünf Uhr geöffnet hatte.

Helmut nötigte uns Mädels dazu, „zum Aufwärmen" einen Schnaps zu trinken. Gerda sprach dem Alkohol tüchtiger zu als mir lieb war, während ich bei einem Pinnchen blieb und den Inhalt aller weiteren unauffällig in einen neben mir befindlichen Grünpflanzen-Behälter entsorgte. Die Tatsache, dass die Blätter der Pflanzen sich kurz darauf müde hängen ließen, ließ die Prozentzahl des Getränks erahnen, störte mich aber nicht.

Auch Helmut sprach dem Schnaps in reichlicher Menge zu; Walter als Chauffeur dagegen blieb nüchtern und beobachtete mit stillem, wissendem Lächeln das Treiben seiner Passagiere.

Während der Weiterfahrt beglückte Gerda uns mit lautem Gesang. Sie merkte nicht, dass Walter mit elegantem Schwung in einen Waldweg abgebogen war, auf einem stockfinsteren Parkplatz angehalten und den Motor des Autos abgestellt hatte, während ich in sofortige Alarmbereitschaft geraten war.

„Was soll *das* denn jetzt werden?", fragte ich in strengem Ton, in der Folge damit beschäftigt, mir Helmut vom Leib zu halten, der unverzüglich nach mir gegriffen hatte und mit schwerfälliger Stimme Sätze wie „Sei doch nicht so", „Komm, sei ein bisschen lieb zu mir" lallte und anschließend ununterbrochen darum bettelte, mich küssen zu dürfen. Auf den Vordersitzen befand sich inzwischen ein aus zwei Menschen bestehendes, ineinander verschlungenes Bündel, das lautes Stöhnen des Entzückens von sich gab.

„Wenn du mich nicht *s o f o r t* in Ruhe lässt, erdrossele ich dich mit deinem eigenen Schal!!", brüllte ich Helmut an und schubste ihn wütend und mit all meiner Kraft von mir weg. Wie ein der Zugluft ausgesetztes Soufflé fiel er plötzlich in sich zusammen; selbst sein blonder Haarschopf versank im Kamelhaarmantel, aus dem umgehend lautes Schnarchen meine Ohren erreichte.

„Und ihr beiden da vorne hört sofort auf! Ich will jetzt *s o f o r t* nach Hause!!", schnauzte ich Walter und Gerda an, die sekündlich erschrocken auseinander stoben und hastig begannen, ihre Kleidung in Ordnung zu bringen.

„Ja, ja, ist ja schon gut", brummelte Walter ernüchtert. „Spielverderberin" schickte er noch ärgerlich hinterher. „Bist ja doch noch ein Baby!"

Während Gerda immer noch damit beschäftigt war, ihre Kleidung glatt zu streichen, startete Walter den Motor. Er missachtete Helmut, der erschrocken aus dem Kamelhaarmantel wieder hervorgekrochen kam und „Was is'n los" lallte, und verließ mit Vollgas nebst quietschenden Reifen den lauschigen Parkplatz. Das erboste Gezeter, das unsere Ohren aus zahlreich vorhandenen anderen „Liebeslauben" erreichte, ignorierte er. Eine Viertelstunde später bremste er, wiederum mit quietschenden Reifen, am Straßenrand vor meinem Elternhaus.

„Mäuschen, mach mal Platz und lass das *Baby* aussteigen!", forderte er Gerda mit ironischem Unterton auf. „Wickelkinder gehören schon längst in die Heia!"

Betroffen unterließ ich es, Walter eine passende Antwort zukommen zu lassen. Meine Freundin kam diensteifrig und sehr eilig dem Wunsche unseres Chauffeurs nach, klappte den Beifahrersitz nach vorn und half mir mit energischen Griffen, mich aus Helmuts Schlangenarmen herauszuwinden. Diese hatte er sofort nach dem abrupten Erwachen aus seinem komatösen Tiefschlaf um meinen Oberkörper geschlungen.

„Schlaf schön, mein Sternchen. Und träum von mir!", rief Helmut mir mit sehr schwerer Zunge nach. Anschließend ließ er sich erschöpft wieder in die Polster der Rücksitzbank fallen.

Eilig begab sich Gerda wieder auf den Beifahrersitz.

„Mach dir keine Sorgen; ich weiß genau, was ich tue", rief sie mir zu.

‚Na, hoffentlich ...' dachte ich und ging gähnend auf die Haustür zu. ‚Die werden jetzt sicher schnellstens Helmut loswerden wollen und dann da weitermachen, wo sie meinetwegen aufhören mussten'.

Als ich am Montag nach dem ereignisreichen Wochenende aus dem Büro zurückkehrte und dazu ansetzte, die Haustür aufzuschließen, raschelte es plötzlich in einem Gebüsch rechts neben dem Eingang, und im nächsten Moment stand ein Kamelhaarmantel, geziert durch einen grünen Wollschal, neben mir. In ihm steckte ein blasser, übernächtigter und unrasierter Helmut mit zerknirschter Miene.

„Was ... willst *du* denn hier?!", fragte ich verblüfft. „Mensch, wie kannst du mich so erschrecken?!"

Ich holte ein paar Mal tief Luft und betrachtete Helmut anschließend mit missbilligenden Blicken von oben bis unten, bevor ich ihn wieder ansprach.

„Wie siehst du überhaupt aus?! Wo hast du dich rumgetrieben?!"

„Sternchen, ich ...", stammelte Helmut; ein stark alkoholgeschwängerter Atem erreichte meine empfindsame Nase.

„Du willst dich sicher bei mir für dein Benehmen am Samstag entschuldigen, oder?", unterbrach ich ihn rigoros.

Kleinlaut bejahte Helmut meine Frage. Mit ineinander verschlungenen Händen, hängenden Schultern und gesenktem Blick stand er vor mir, ein im Normalzustand baumlanger Kerl, der - von oben bis unten ein lebendes Bild des Jammers - im Augenblick deutlich kleiner wirkte und umgehend heftiges Mitgefühl in mir erweckte.

„Na, ja ... ich will mal nicht so sein", lenkte ich in sanftem Tonfall ein. „Aber so darfst du dich nie mehr wieder verhalten, wenn dir an einem weiteren Kontakt mit mir gelegen ist. Warum hast du wieder getrunken? Oder ist die Fahne noch ein Überbleibsel von Samstagnacht?"

„Nein", antwortete Helmut hastig. „Ich traf vorhin einen Kollegen, der mich in die Kneipe gelockt hat. Ich habe nur *ein* Bier getrunken, ehrlich!"

„Lüg mich doch nicht an", schnauzte ich. „Von wegen *ein* Bier! Meiner Meinung nach bist du voll wie eine Haubitze!"

„Nein!", wehrte Helmut sich eisern. „Es war wirklich nur e i n Bier! Aber weil ich heute noch nichts gegessen habe ..."

„Was?!", unterbrach ich ihn. Meine Gedanken überschlugen sich, ohne jedoch auf einen gemeinsamen Nenner zu kommen. „Es ist bereits siebzehn Uhr! Wieso hast du noch nichts gegessen?!"

Mein mitleidiges Herz ließ mich über mich selbst hinauswachsen. Befehlend sagte ich „Komm mit!", zog Helmut am Mantelärmel hinter mir her, nahm ihn kurzerhand mit in die Wohnung, stellte ihn meinen sprachlosen Eltern vor und bat Mama, ihm die für mich vorgesehene Portion vom heutigen Mittagessen zu überlassen.

Meine ebenfalls mitleidige Mutter fand Gefallen an dem „netten Jungen", der sich über mein Mittagessen hermachte, als habe er mehrere Tage lang nichts mehr zu nagen bekommen, während Papa später äußerte, dass irgendetwas mit „dem Kerl" nicht stimmen könne.

„Pass auf; ich habe da kein gutes Gefühl", ermahnte er mich. „Der wirkt vernachlässigt und ungepflegt wie ein Penn ... Obdachloser. Sei mir da bitte besonders vorsichtig."

In den nachfolgenden Wochen überraschte Helmut mich regelmäßig. Er war stets frisch gekämmt und rasiert, trug anstelle des weißen Oberhemdes und der Krawatte zwar manchmal einen Rollkragen-Pullover; die dunkle Hose, der Kamelhaarmantel und der grüne Wollschal jedoch fehlten nicht ein einziges Mal.

Mein Verehrer verhielt sich meistens korrekt; allerdings hatte er inzwischen erreicht, dass er mich „wenigstens" küssen durfte.

Seine im Laufe der Zeit zahlreich unternommenen Versuche, mit mir intim zu werden, scheiterten allerdings an meiner eisernen und heftigen Abwehr. Mein entsetzter Blick auf seine NATO-grüne Unterhose während eines Annäherungsversuchs seinerseits nebst einem gellenden Schrei meinerseits reichten aus, um Helmut sich schließlich der Entsagung ergeben zu lassen. Zu meiner Verwunderung legte er allerdings größtes Verständnis für meine Abwehr-Reaktionen an den Tag.

„Sternchen; dein Verhalten ist zwar sehr enttäuschend für mich, weil ich dich sehr mag. Aber du hast mir gesagt, dass du noch unberührt bist und deshalb große Angst hast … Ich gebe dir jetzt einen gut gemeinten Rat: Tue es nur, wenn *du* es willst und nicht etwa aus Nachgiebigkeit, weil du dazu gedrängt wirst. Du musst es von dir aus wirklich wollen; dann wird es halb so schlimm werden. Das erste Mal soll ja ein unvergessliches Erlebnis werden; aber nicht in negativem Sinn."

Erstaunt über so viel unerwartetes Verständnis sah ich Helmut in die wasserblauen Augen und spürte plötzlich ein unerklärliches Gefühl für ihn. Niemals hätte ich ihm das soeben bewiesene Einfühlungsvermögen zugetraut

Ich bedankte mich für seine Rücksichtnahme, bekam ihn aber mehrere Tage lang nicht mehr zu Gesicht.

‚Sicher braucht er jetzt Zeit, um seine Enttäuschung zu verdauen' dachte ich und verschwendete keinen weiteren Gedanken mehr an meinen Verehrer.

„Du sollst mal schnell zu uns 'rüber kommen. Mutti hat eine Überraschung für dich", piepste der sechsjährige Sohn meines Bruders atemlos, als er mir zwei Wochen später in unserer Eingangstür gegenüberstand.

Mein Bruder lebte mit seiner Familie in einem großen Mietshaus zwei Seitenstraßen weiter, das sich aber noch in unserer Sicht- und Winkweite befand.

Geheimnisvoll lächelnd begrüßte mich meine Schwägerin. Anschließend schickte sie mich in ihr Wohnzimmer, hinter dessen Tür sich Helmut verborgen hatte und nun mit einem triumphierenden Grinsen hervortrat.

Wiederum war er in den langen Kamelhaarmantel gehüllt, der bei aufmerksamerem Hinsehen jetzt eher einer verschlissenen Pferdedecke glich, und unter dem er wieder (oder immer noch) den dunklen Anzug von voriger Woche und auch dasselbe - jetzt auffällig schmuddelige - weiße Oberhemd trug. Den Knoten der Krawatte hatte er gelockert, und natürlich fehlte auch der grüne Schal nicht, der zerknautscht und in meinen Augen noch um einige Zentimeter gewachsen über dem Mantel von seinen Schultern herabhing. An den Zustand seiner lindgrünen Unterhose wagte ich nicht einmal ansatzweise zu denken …

Helmuts untere Gesichtshälfte war bedeckt von rötlich-blonden Bartstoppeln, sein flachsblondes, glanzloses Haar wirkte wie Stroh. Es schien über einen längeren Zeitraum nicht mehr mit einem Kamm in Berührung gekommen zu sein.

„Hallo Sternchen", grüßte Helmut mich mit schwerfälliger Stimme. Aus verschleierten Augen blickte er mich triumphierend an, während mir abermals ein starker Alkoholgeruch entgegen schlug.

Meine Reglosigkeit blitzschnell ausnutzend, ergriff er meine Oberarme und riss mich an sich, um mich zu küssen. Weil der Alkoholgeschmack, den seine Zunge auf mich übertrug, heftigen Ekel in mir erzeugte, ich demzufolge gegen einen starken Brechreiz ankämpfen musste, stieß ich Helmut mit aller Kraft zurück. Er taumelte gegen die hinter ihm befindliche Wand und blickte mich an, als sei ich eine irreale Erscheinung. Mit deutlich sichtbarem Unverständnis im Blick lallte er leise: „A … haber Schschternchen …"

„Geh! Verschwinde!", fauchte ich ihn an. „Und lass dich nie mehr wieder bei mir blicken! Und erst recht nicht bei meiner Familie! Dass du dich überhaupt her getraut hast in dem Zustand! Du siehst ja aus wie ein gerupftes Suppenhuhn!

Schämst du dich gar nicht?! Mit einem Mann, der seine Versprechen nicht einhält, will ich nichts mehr zu tun haben!"

Wütend und tief enttäuscht unternahm ich auf dem Absatz eine Kehrtwendung, lief an meiner verblüfften Schwägerin vorbei aus der Wohnung und hastete laut weinend die Treppen hinunter.

„Du, da draußen steht dieser komische Volkswagen. Ist das nicht der von Gerdas Freund?"

Mit diesen Worten lockte Mama mich ein paar Wochen nach dem unschönen Erlebnis aus meinem Zimmer. Bei einem Blick durchs Küchenfenster entdeckte ich Walter, der auf mich zu warten schien und mir mit einem Winken zu verstehen gab, dass ich zu ihm kommen solle.

„*Wo* ist Helmut?!", fragte mich Walter ohne Umschweife, als ich mich kaum auf dem Beifahrersitz niedergelassen hatte.

„Woher soll *ich* das wissen, wenn nicht mal du als sein Freund es weißt?!", fragte ich trotzig zurück.

Walter rügte mich mit den Worten: „Baby, wenn ich es wüsste, wäre ich bestimmt nicht bei dir aufgekreuzt!"

„Ich habe ihm vor ein paar Wochen den Laufpass gegeben und ihn seitdem auch nicht mehr wiedergesehen!", gab ich etwas widerwillig zu.

(Dass Papa unseren Freund vor einigen Wochen in verwahrlostem Zustand ein paar Mal um unser Haus „herumschleichen" sehen hatte, verschwieg ich Walter.)

Walters hageres Gesicht legte sich in ernste Falten.

„Ja, dann weiß ich jetzt auch nicht mehr, wo ich noch suchen soll", erklärte er resigniert, was in mir tief empfundenes Mitgefühl auslöste, denn Walter war trotz gelegentlicher gemeiner Bemerkungen mir gegenüber ein durch und durch sympathischer Mensch, keinesfalls von Geheimnissen umwoben wie sein Freund.

Immerhin war er so aufrichtig gewesen, Gerda darüber aufzuklären, dass er sich zum Zeitpunkt unseres gemeinschaftlichen Kennenlernens schon seit längerer Zeit in festen Händen befand und daher keine Beziehung, sondern nur eine rein freundschaftliche Verbindung suche.

Dass Gerda sich ihm gegenüber „sehr großzügig" verhielte, weil sie offensichtlich eine andere Auffassung von Freundschaft habe als er, wisse er sehr zu schätzen. Seine Braut lebte in der Schweiz, und da Walter gerne tanzte, begleitete er seinen Freund an manchen Wochenenden. Es stünde ja nirgends geschrieben, dass ein verlobter Mann, der von seiner Braut über längere Dauer getrennt sei, auch in Hinsicht auf harmlose Vergnügungen abstinent leben müsse.

‚Na, was ich da am ersten Abend im Auto miterleben musste, sah aber nicht mehr nach harmloser Vergnügung aus' dachte ich verblüfft. Aber letztendlich war es allein Sache meiner Freundin, inwieweit sie den Umgang mit einem männlichen Wesen als Freundschaft betrachtete.

„Vor ein paar Tagen las ich einen Zeitungsartikel, der von einem Überfall auf die Sparkasse in einem kleinen Kaff im Sauerland berichtete", erzählte Walter etwas verlegen. „Laut Zeugenaussagen waren es drei Täter, und eine der Beschreibungen hat mich stutzig gemacht. Sie passte nämlich irgendwie genau auf Helmut. Die Rede war von einem hellen Mantel, den einer der Flüchtigen trug, und von einem grünen Schal, den er ein paar Meter vom Tatort entfernt verloren haben soll. Und es sei ein Blondschopf gewesen."

Ich erschrak zutiefst.

‚Das passt nicht nur genau, sondern sogar *kamelhaargenau!*' dachte ich schockiert. Und da Helmut laut Walters Aussage seit einiger Zeit spurlos verschwunden war, konnte es durchaus möglich sein ... Diesen Gedanken dachte ich lieber nicht zu Ende!!

„Du hast Post bekommen!", rief Mama mir zu, als ich an einem sonnigen Tag einige Wochen später aus dem Büro kam. „Etwas eigenartige Post."

Mit ernster Miene übergab sie mir einen grauen, offensichtlich aus Altpapier gefertigten Briefumschlag. Als Absender-Adresse stand auf der rückwärtigen Lasche:

„Helmut Pfefferkorn, 5 Köln, Klingelpütz II"

Mit vor Aufregung zitternden Fingern riss ich den Umschlag auf und entfaltete anschließend nervös einen auf kariertem Papier dicht geschriebenen Brief.

Einer Ohnmacht nahe, las ich die tatsächlich von Helmut verfassten Zeilen, in denen er erklärte, „völlig unschuldig in eine böse Sache hinein geraten" zu sein, zu der er von zwei Kameraden überredet worden sei. Um was es sich handele, habe er erst gemerkt, als es schon zu spät war. Selbstredend bereue er die begangene Missetat bitter.

„... *Mein Sternchen, ich hoffe, dass Du mir alle meine Vergehen verzeihst, und ich, wenn ich die Strafe verbüßt habe, mich in einem halben Jahr wieder bei Dir melden darf, denn ich liebe Dich wirklich. Immer Dein Helmut*" schrieb der unschuldig Gestrauchelte am Schluss des Briefes. Neben seiner Unterschrift befanden sich ein amtlicher Stempel und die Gegenzeichnung des zensierenden Vollzugsbeamten.

Fassungs- und wortlos zugleich starrte ich auf die Zeilen, die ich mehrmals laut lesen musste, bevor ich ihre Tragweite endgültig begriffen hatte.

„Siehst du?! Ich sagte dir anfangs schon, dass du vorsichtig sein sollst, weil mit dem Kerl etwas nicht stimmt", rief Papa aus. „Du darfst nicht so gutgläubig sein!"

Dann wandte er sich an Mama.

„... Und *du* nicht so großzügig! Wenn ich daran denke, wen du aus lauter Mitleid schon alles durchgefüttert hast ..."

Mama errötete schuldbewusst, während Papa sich wieder an mich wandte.

„Na, *den* Brief kannst du dir hinter den Spiegel stecken! So einen kriegt man ja wohl nicht alle Tage!"

Ich spürte, wie ich über Papas Worte tief errötete.

„Das Fatale an der ganzen Sache ist, dass Helmuts Vater eine höhere Position bei der Polizei bekleidet. Das hat mir Walter mal erzählt. Na, *der* Vater wird sicher besondere Freude an der jetzigen Situation seines einzigen Sohnes haben", schilderte ich meinen Eltern und wusste nicht recht, ob ich lachen oder weinen sollte.

„Na, wenn *das* keine Ironie des Schicksals ist ...", äußerte Papa betroffen und wurde sehr nachdenklich.

Durch Walters nachträglich angestellte Recherchen im Bekanntenkreis stellte sich heraus, dass Helmut schon vor längerer Zeit die elterliche Wohnung hatte verlassen müssen; der beruflich aufstrebende Vater hatte seinem einzigen Sohn verboten, sich jemals wieder in die Nähe des Elternhauses zu wagen.

Aufgrund dieser traurigen Tatsache hatte Helmut zunächst seine Arbeitsstelle, anschließend irgendwann auch den Boden unter den Füßen verloren und war demzufolge immer mehr unter die Räder geraten. Niemand hatte von seinem Schicksal gewusst, nicht einmal sein Freund Walter.

Schweren Herzens beantwortete ich Helmuts Brief. Ich erklärte ihm, dass ich seine Situation sehr bedauere und tiefes Mitgefühl für ihn empfände.

Allerdings bat ich ihn eindringlich, von weiterer Post an mich und Besuchen bei mir Abstand zu nehmen, da meinerseits von Liebe keine Rede sein könne. Ich wünschte ihm viel Glück für die Zukunft, wenn er wieder in Freiheit sei, und eine Frau, die zu ihm passe, ihn wirklich liebe und bereit dazu sei, mit ihm durch Dick und Dünn zu gehen.

Ich sah Helmut (und auch den Kamelhaarmantel) nie mehr wieder ...

„Deutsche Sprache - schwere Sprache"

„Mama! Kannst du mal eben kommen?!", rief mein zehnjähriger Sohn mir im Sommer 1988 aus seinem Zimmer zu.

„Ja, gleich!", rief ich zurück. „Ich hab gerade matschige Hände. Warte bitte einen Moment!"

Ich war in der Küche damit beschäftigt, Hackfleisch mit diversen Gewürzen zu vermengen, um aus ihm Frikadellen herzustellen; und in dementsprechendem Zustand befanden sich meine Hände.

„Och Mensch; dann komme ich aber nicht weiter!", schallte es etwas ungehalten aus dem Kinderzimmer zurück. „Und ich will doch gleich raus; der Thomas wartet schon auf mich!"

Seufzend ließ ich die angehenden Frikadellen ruhen, reinigte so schnell es ging meine klebrigen Hände und eilte zu meinem Ableger, der mit gerunzelter Stirn über seinen Hausaufgaben brütete.

„Na, mein Junge, was gibt's denn, das so eilig ist, dass es keinen Aufschub mehr duldet?", fragte ich aufmunternd.

„Ich muss einen Aufsatz schreiben, habe ihn auch schon ins Unreine vorgeschrieben. Aber ich komme mit einigen Sätzen nicht klar", klärte mein Sohn mich kleinlaut auf.

Diese Tatsache wunderte mich ein wenig, denn im Allgemeinen beherrschte er die deutsche Sprache in Wort und Schrift schon recht gut; auch konnte er die jeweiligen Sätze zufriedenstellend formulieren.

Meine Blicke überflogen den sorgfältig geschriebenen „unreinen" Text und sahen sofort, womit der Filius ein Problem hatte.

„ ... und dann haben wir alle zusammengegessen." lautete das Ende eines Satzes.

Amüsiert lächelnd fragte ich ihn: „*W a s* habt ihr denn da ‚zusammengegessen?'", um ihn sozusagen ‚von hinten herum' auf die richtige Schiene zu bringen. „Oder meintest du, ihr habt *alles* zusammengegessen, was da war, sodass nichts mehr übrig blieb?" Ich betonte überdeutlich das „**s**" in dem Wort „alles" ...

Mit großen Augen blickte mein Nachkomme mich an; deutlich war diesem Blick das Unverständnis für meine Worte anzusehen.

„Mein Sohn, ihr habt alle zusammen *gegessen*", half ich ihm auf die Sprünge, indem ich das letzte Wort deutlich hervorhob. „Das schreibt man auseinander. Schon an der Betonung der Wörter kannst du das hören. Weißt du, das Wort ‚zusammengegessen' gibt es als einzelnes gar nicht. Im bayerischen Dialekt kommt es zwar vor; die sagen „da homma alls zsammgfressen", aber das ist eben nur Dialekt, das ureigene Deutsch der bayerischen Bevölkerung. Im Hochdeutschen gibt es dieses Wort nicht. Du hast es als *ein* Wort geschrieben; also zusammengeschrieben. ... Das ist übrigens genauso ein Beispiel. Du hast es ‚zusammengeschrieben'. Aber bei diesem Wort ist das sogar richtig."

Der Blick meines Sohnes wurde noch fassungsloser. Ich empfand Mitleid mit ihm und verspürte das Bedürfnis, ihm über das dichte Kopfhaar zu streichen, das sicher bereits dazu ansetzte, sich aufrichten zu wollen. Insgeheim musste ich zugeben, dass man angesichts der Tücken in der deutschen Rechtschreibung wirklich so manches Mal „Stehhaare" bekommen konnte.

„Man merkt es am besten, wenn man es ausspricht", erklärte ich nochmals. „*Ich* habe es zusammengeschrieben; aber *wir* haben zusammen - also gemeinsam - geschrieben. Der Unterschied ist hierbei nur, dass es ‚zusammengeschrieben' als ein Wort gibt, ‚zusammen gegessen' aber nicht!"

„Ooooh Gooott", stöhnte mein Junge und warf entnervt den Kopf in den Nacken.

„Ja, das ist am Anfang nicht ganz leicht", musste ich zugeben. „Und leider gibt es noch viel mehr Stolperfallen dieser Art. Aber wenn du dich eine Weile damit befasst, kommst du schon dahinter. ‚Viel mehr' ist übrigens auch ein solches Beispiel. Man kann es zusammen und auseinander schreiben", griff ich auf. „Aber ‚vielmehr' als ein Wort kommt eher selten vor, das heißt, man benutzt es heutzutage nicht mehr oft. Vielmehr - jetzt gebrauche ich dieses Wort - ist es so, dass es aus einer Zeit stammt, in der man sich etwas anders ausdrückte als heute."

„Mama! Hör auf!", rief mein Sohn verzweifelt aus. „Warum bin ich bloß kein Engländer geworden? Dann wäre das alles viel einfacher!"

„Ist doch alles halb so schlimm", tröstete ich ihn. „Am besten sprichst du die Sätze laut aus; dann hörst du schon an der Betonung, wie die ‚komplizierten' Wörter geschrieben werden. Geflügelte Worte, die irgendjemand als Gedächtnisstütze erfunden hat, wie zum Beispiel ‚*Gar nicht wird gar nicht zusammengeschrieben*' oder ‚*Wer nämlich mit **h** schreibt, ist dämlich*' können dabei auch ganz hilfreich sein."

Ich holte einen Stuhl aus der Küche und setzte mich neben meinen Sohn. Erstens war es bequemer, und zweitens konnte ich ihm auf die Art den nächsten Fehler besser erläutern.

„Wir beide sitzen jetzt hier zusammen", schilderte ich. „Wie würdest du diesen Satz in der Vergangenheitsform schreiben?"

Er überlegte nicht lange. „Wir haben hier zusammengesessen. Ein Wort!", kam es wie aus der Pistole geschossen.

Ich strahlte ihn an. „Na bitte! Hast es ja schon begriffen. Wenn man es nämlich in zwei Worten schriebe, bekäme es eine ganz andere Bedeutung. Wenn ich zum Beispiel sagte *Wir haben zusam-*

men gesessen, auseinander geschrieben, könnte es heißen, dass wir gemeinsam eine Zeit im Gefängnis verbracht hätten!"

Schallend lachte mein Sohn auf und konnte sich kaum wieder beruhigen. Die Vorstellung, dass wir zwei gemeinsam, mit quer gestreiften Sträflingsanzügen bekleidet, in einer Gefängniszelle auf unseren jeweiligen Pritschen hockten, erschien ihm wohl als allzu komisch.

Langsam klang das Gelächter meines Sohnes aus, und er konzentrierte sich weiter auf seine Hausaufgabe.

„Mama, und wie ist das mit dem *und*", fragte er als nächstes unsicher. „Wann setzt man ein Komma und wann nicht?"

„Ein Komma setzt man dann, wenn nach dem Wort *und* ein selbstständiger Satz folgt", erklärte ich.

„Was heißt *das* denn wieder?", fragte der Junge irritiert.

„Der Satz nach dem Komma könnte auch für sich allein da stehen. Das heißt, man hätte zwischen den beiden Sätzen einen Punkt machen können."

„Jetzt mach aber mal einen Punkt", rief mein Sohn ärgerlich aus. „Mensch, das begreife ich *nie*!"

Nun griff er sich tatsächlich in die Haare, in der Absicht, sie sich zu raufen ...

Lachend gestand ich ein, dass auch mir die Komma-Regel erst begreiflich gemacht wurde, als ich bereits längere Zeit im Berufsleben stand. Einer der Sachbearbeiter, für den ich zu schreiben hatte, war vormals Gymnasiallehrer gewesen und hatte diesen Beruf an den Nagel gehängt (vielleicht, weil ihm die deutsche Rechtschreibung suspekt war?).

„Ich hätte mit diesem Menschen um ein Haar eine Rauferei angefangen, so wütend war ich auf den Besserwisser", erzählte ich meinem Sohn. „Uns ist nämlich seinerzeit in der Schule unter Androhung von Schlägen mit dem Zeigestock eingebläut worden, dass das Wort ‚und' ein reines Bindewort sei, vor das man keinesfalls ein Komma zu setzen hatte! Wirklich eingesehen habe ich das mit dem *und* und dem Komma erst später."

„Genauso komisch ist das ja auch mit dem Bindestrich", bemerkte mein Sohn daraufhin.

„Da hast du recht", pflichtete ich ihm bei. „Wie der Name schon sagt, verbindet der Strich zwei Wörter miteinander. Aber man kann auch ihn nicht in jedem Fall verwenden ..."

„Oh nein!!", rief der Junge fassungslos aus. „Was ist denn das schon wieder für 'ne blöde Regel?!"

Nochmals überflog ich den Aufsatz meines Sohnes, dessen Inhalt über das Leben in unserem Kleingarten mit all seinen Vorkommnissen berichtete.

„Hier zum Beispiel schreibst du über das Steinhaus unserer Nachbarn. Erstens ist es keines, es ist eines aus Holz, und zweitens sagt man das nicht so. Wenn, dann wäre es ein steinernes Haus oder ein Haus aus Steinen."

Mit großen Kulleraugen sah mein Sohn mich an, als wolle er mich jeden Moment für verrückt erklären.

„Es ist aber *doch* ein Steinhaus", behauptete er danach steif und fest.

Nach kurzem Überlegen dämmerte mir, was mein Sohn mit seiner Aussage meinte. Unsere Gartennachbarn trugen den Nachnamen Stein; also war die Gartenlaube nach Ansicht meines Kindes ein „Steinhaus". Hinter vorgehaltener Hand versuchte ich, ein Lachen zu unterdrücken.

„Warum lachst du mich denn jetzt aus?!", fragte mein Sohn traurig und wirkte so betrübt, als wolle er jeden Moment zu weinen anfangen.

„Du hast zwar etwas kurios gedacht, mein Junge, aber irgendwie stimmt es auch. Es *ist* ein Steinhaus. Aber in diesem Falle sind es zwei Wörter, deren Anfangsbuchstaben groß geschrieben werden; und hier muss der Bindestrich zum Einsatz kommen. Es handelt sich um das Haus der Familie Stein, und man kann es schon ein Stein-Haus nennen. Jeder, dem du es sagtest, würde verstehen, was du meinst, denn in der Aussprache bemerkt man den Bindestrich nicht. Aber in geschriebener Form musst du ihn hier verwenden, weil mit dem ‚Stein' ein *Name* gemeint ist, nicht der Stein als Gegenstand. Zugegeben, wenn man beide Augen zudrückte, könnte man es auch zusammengeschrieben stehen lassen, wenn es ein

Haus aus Stein wäre, und nicht das der Familie Stein."

„Au weia. Welch böse Falle", brummelte mein Sohn vor sich hin und stieß anschließend einen tiefen Seufzer aus. „Mama, wenn ich groß bin, wandere ich aus nach England oder Amerika. Dort ist das mit der Grammatik viel einfacher."

Insgeheim pflichtete ich ihm bei.

„Kannst du dich noch erinnern? Als du im zweiten Schuljahr warst und gerade so eben schreiben konntest, hast du in einem Aufsatz einen Satz geschrieben, der uns alle fürchterlich zum Lachen brachte. Weißt du das noch?", fragte ich meinen Sohn, der prompt errötete.

„Ja, ich schrieb damals, dass ‚der Mann einen Wrack' trug. Gemeint war aber der Frack!", erinnerte er sich noch genau an das Ereignis. „Das war aber kein Rechtschreibfehler, sondern ich kannte damals den Unterschied zwischen dem Wrack und dem Frack noch nicht", erklärte er lachend.

„Lustig war's aber trotzdem ...", bemerkte ich lächelnd.

„Mama ... da war beim letzten Diktat noch was mit der Schuld", stammelte mein Sohn und errötete verlegen. „Wir haben die Hefte noch in der Schule lassen müssen, aber ich habe gesehen, dass der Lehrer unter einem Satz das Wort *Schuld* rot unterstrichen hat. Ich weiß aber nicht, warum. Wie ist das denn, wenn ich an etwas die Schuld trage? Wird das klein oder groß geschrieben?"

„Wenn du es so formuliert hast, dass du an etwas die Schuld trägst, dann wird die *Schuld* natürlich groß geschrieben. Wenn du aber an etwas schuld *bist*, wird es klein geschrieben. Zum Beispiel: *Ich bin schuld daran, dass du gestolpert bist, weil ich dir ein Bein stellte.*"

„Mann! Jetzt hast *du* **mir** aber ein Bein gestellt", maulte der Junge zähneknirschend. „Wieso wird das denn mal groß und mal klein geschrieben?!"

„Pass auf: An etwas schuld sein, heißt einfach, dass du an etwas schuldig bist. Das Wort ‚schuldig' wird hier sozusagen nur abgekürzt. Es kommt auf die Formulierung des Satzes an. Du *bist* schuld an etwas, oder du *hast* die Schuld daran. Verstehst du das?"

„Ja, ich denke schon. Das ist wohl genau so *ein Fall von denkste*, wie der Opa immer sagt", rief mein Sohn verzweifelt aus.

Inzwischen hat mein damals zehnjähriger Sohn die Dreißig überschritten, ist verheiratet, beherrscht die englische Sprache perfekt, arbeitet erfolgreich in seinem Beruf und kennt die Tücken der deutschen Rechtschreibung in- und auswendig. Bis heute ist er allerdings seinem Vaterland treu geblieben; die deutsche Sprache stellt für ihn keinen Grund mehr dar, der komplizierten Grammatik wegen auswandern zu müssen. Heute debattieren wir aus Spaß über „unsere" Rechtschreibung.

„Genau genommen (auseinander oder zusammen? ...) ist das Wort selbst schon falsch geschrieben", bemerkte mein Sohn in einem unserer Gespräche. „Heißen müsste es doch eigentlich „Richtigschreibung", denn das Wort „Recht" hat ja auch noch eine andere Bedeutung. Es gibt ja auch die Recht*sprechung*, die aber mit der Grammatik gar nichts zu tun hat. Hier wird das Recht gesprochen, wenn jemand zu irgendetwas verurteilt wird. Manchmal wird der Delinquent ja auch freigesprochen; was man eigentlich auch als getrennte Wörter schreiben müsste. Und wenn schon „Rechtschreibung", müsste das doch ebenfalls als zwei Wörter mit einem Bindestrich dazwischen geschrieben werden, oder?"

Wieder musste ich ihm Recht geben (dieses „Recht" wird klein geschrieben; es wird aber auch nicht als Fehler angesehen, wenn man es groß schreibt).

Allerdings gab es inzwischen aber auch die vielumstrittene Rechtschreib-Reform, die denjenigen, die der deutschen Grammatik niemals Herr werden konnten, vermeintlich Tür und Tor dafür öffnete, alles einfach so schreiben zu dürfen, wie man es spricht oder es sich gerade denkt. Aber weit gefehlt! Es galten auch hier gewisse Regeln, die man einzuhalten hatte. Regeln, die - kritisch betrachtet - noch verwirrender und demzufolge noch schwieriger einzuhalten sind als die der „guten alten" deutschen Rechtschreibung!

Man ging ungestraft dazu über, Fremdwörter sozusagen einfach „einzudeutschen", wenn man nicht wusste, wie sie im Original geschrieben wurden, ihre Bedeutung aber nach der willkürlichen Abänderung manchmal erst dann begriff, wenn man sie mehrmals aussprach!

„Ein gutes Beispiel hierfür ist das französische Wort für die Geldbörse, das Portemonnaie. Unzählige deutsche Bürger hatten anscheinend Schwierigkeiten damit, also darf man es laut der Reform plötzlich genauso schreiben, wie man es ausspricht. „Portmonnee". Ich frage dich, was ist das für ein Wort?! Es kann alles andere sein als eine Geldbörse", eiferte ich mich. „Um fremdsprachige Wörter so zu schreiben, wie man es am einfachsten findet, muss man teilweise schon eine Portion Phantasie aufbringen. Ähnlich ist es mit dem Begriff ‚zur Zeit'. Das schreibt man neuerdings klein und zusammen! Wie das schon aussieht: *zurzeit!* Es wurde wahrscheinlich dem Wort *derzeit* angeglichen, das eigentlich ein anderes Wort für *jetzt* oder *heute* darstellt. Es gibt zwar seit langem das Wort *seinerzeit*, das so viel heißen soll wie *damals; zurzeit* dagegen ist in einem Wort und klein geschrieben sehr gewöhnungsbedürftig. Genauso könnte man ja, wenn man schlafen gehen will, schreiben: Ich gehe jetzt *zubett!*"

„Darauf kommt man nur mit Hilfe des neuen Wörterbuchs", warf mein Sohn ein. „Das schreibt man übrigens heute auch klein und zusammen. Ich finde so manchen Begriff nur noch *mithilfe* des neuen Dudens. Wenn man früher sagte: Unter Mithilfe des blablabla, war das eindeutig. Man hatte die Hilfe einer anderen Person gebraucht, und bei dieser Mithilfe schrieb man den ersten Buchstaben groß. Aber *klein* und in einem Wort geschrieben ..."

Ein missbilligendes Kopfschütteln beendete den letzten Satz.

„Kürzlich las ich das Wort *infrage*, klein und in einem Wort geschrieben", fiel mir als Nächstes ein. „Also, ich muss sagen, dass ich den Verstand desjenigen, der auf die Idee gekommen ist, das so zu schreiben, doch ein bisschen in Frage stelle ..."

Es ist mir eine innere Genugtuung, dass man hier und da mittlerweile heimlich, still und leise wieder dazu übergegangen ist, die herkömmliche Rechtschreibung aus der unverdienten Verbannung hervor zu holen und zum Einsatz zu bringen. Und ich muss gestehen, dass sie mir nach wie vor wesentlich lieber ist als ihre reformierte Ausführung.

Und dennoch; im Moment, da ich diesen Text schreibe, bin ich doch tatsächlich selbst so verwirrt, dass in mir Zweifel darin aufkommen (ein Wort oder zwei Wörter?!), ob ich alles recht - oder richtig - gemacht habe!

Den letzten Satz schreibe ich deshalb einfach so ohne Satzzeichen ohne Punkt Komma Fragezeichen Ausrufungszeichen und alles was es da sonst noch gibt und hoffe dass Sie wenigstens wissen wie und wo man diese Zeichen richtig einsetzt ohne die Hilfe eines Dudens in Anspruch zu nehmen oder einen Deutschprofessor zu befragen wobei eben genanntes zu nehmen auseinander geschrieben wird weil es nicht die Zunahme an Gewicht ausdrücken soll

....   ,,,,,,,,,,,   ;;;;;;;;   !!!!!!!!!   ????????   ────────
─────────   „ " „ " „ " „ "
                „ " „ " „ " „ " „ "
(Bitte bedienen Sie sich ...)

„Der beste Weg zur Gesundheit ist der Weg in den Garten"

Mein Ehemann hielt mir anno 1978 eine dekorative, oval geformte Holzplatte unter die Nase, in die oben genannte Weisheit in großer, verschnörkelter Schrift eingebrannt worden war.

„Willst du mir damit sagen, dass nur die Gartenarbeit dazu in der Lage ist, dich wieder gesund zu machen?", fragte ich etwas drohenden Tones.

Seit einigen Monaten war mein Gatte aufgrund seiner langjährigen Herzerkrankung arbeitsunfähig, während ich kürzlich durch meinen Gynäkologen erfahren hatte, dass ich nach mehreren Anläufen und Enttäuschungen endlich „guter Hoffnung" war.

„Ja! Es ist eine der gesündesten Bewegungen überhaupt", behauptete mein Gatte aufsässig wie ein Kind im Trotzalter. „Man ist schließlich immer an der frischen Luft dabei!"

Nachfolgend erfuhr ich, dass er längst ein „Grundstück" im Auge hatte. Ganz in der Nähe - zu Fuß gut erreichbar - habe man bereits mit der Vorbereitung zur Erschließung mehrerer Parzellen begonnen; eine seit vielen Jahren existierende Kleingarten-Kolonie sollte erweitert werden.

„Aha, du hast also hinter meinem Rücken schon alles klar gemacht", bemerkte ich und brach umgehend gegen meinen Willen in Tränen der Enttäuschung aus. (Warum, verflixt noch mal, hatte man im Zustand der Schwangerschaft nur so nah am Wasser gebaut?)

Es war typisch für meinen Ehemann, dass er über wichtige Dinge stets allein entschied. Schließlich war er aufgrund seiner zwanzig Lebensjahre Vorsprung viel reifer und erfahrener als ich.

„Hast du mit deinem Arzt darüber geredet, ob du überhaupt Gartenarbeit verrichten darfst? Die ist nämlich, soviel ich weiß, nicht von Pappe", wagte ich dennoch zaghaft einen Einwurf. Als er lässig abwinkte, brachte ich eine weitere Tatsache ins Spiel.

„Ich möchte dich an eine Kleinigkeit erinnern, die - vielleicht - auch wichtig wäre ...", erklärte ich zaghaft und legte meine rechte Hand zärtlich auf meinen Bauch.

„Meinst du, daran hätte ich nicht gedacht?", erwiderte meine bessere Hälfte und lächelte sekundenlang väterlich. „Gerade darum finde ich ja einen Garten so schön. Du bräuchtest nicht mit dem Kinderwagen in der Gegend herum zu laufen, aber unser Baby wäre trotzdem an der frischen Luft."

„Das ist *unser* Grundstück!", trompetete mein Gemahl nicht ohne Besitzerstolz in der Stimme, als wir drei Monate später vor einer dreihundert Quadratmeter großen Geröllhalde standen. Nur mit Mühe konnte ich dagegen ankämpfen, dass mir schwarz vor Augen wurde. Anstelle eines sorgfältig geglätteten Stückes Ackerland erschloss sich meinen Blicken ein Wirrwarr aus großen Erdklumpen, vertrocknetem Gestrüpp und herumliegenden Steinen jeglicher Größenordnung.

„Das kann nicht dein Ernst sein", brachte ich mühsam hervor. „Du hast doch erzählt, dass man bereits mit der Erschließung begonnen habe."

„Ich wollte dich nicht beunruhigen", erklärte mein Mann etwas kleinlaut. Anschließend erfuhr ich, dass eine große Planierraupe mehrmals über das komplette Land gefahren sei und die zuvor noch vorhandenen „wilden" Gärten mitsamt ihren steinernen Lauben „platt gemacht" habe. Wegzuräumen und zu entsorgen sei der angefallene Schutt vom jeweiligen neuen Gartenpächter selbst.

„Ja, dann sieh mal zu, wie du das geschafft kriegst! *Ich* kann dir dabei nicht mehr helfen!", rief ich unter Tränen laut aus, umfasste beschützend meinen bereits gut sichtbaren Babybauch, vollbrachte eine Kehrtwendung und ging - einen verblüfften angehenden Kleingarten-Besitzer zurücklassend - eiligen Schrittes davon.

Mein Ehepartner gab seinen Traum nicht auf. In zäher Verbissenheit hielt er an dem Vorhaben, Kleingärtner zu werden, fest, während ich mich auf meine fortschreitende Schwangerschaft und die Ankunft meines Kindes konzentrierte.

Ein heißer Sommer hatte Einzug gehalten, als mein Mann - gleichermaßen wie die künftigen Gartennachbarn - mit der Rodung des Grundstückes begann. Allabendlich kehrte er verschwitzt und völlig erschöpft, aber dennoch guter Laune in unsere kleine Wohnung zurück. Meine Rebellion dagegen, dass ich ihn „nur noch nachts" zu sehen bekam, sowie die Gardinenpredigten bezüglich seines schlechten Gesundheitszustandes hatte ich längst ad acta gelegt. Aussagen wie „Mir geht es blendend" oder „Seit ich da draußen tätig bin, fühle ich mich pudelwohl" veranlassten mich nur noch zu Bände sprechenden Blicken.

Während mein Gatte täglich unter heißer Sonne auf dem Acker schuftete, machte ich es mir auf dem Balkon unter dem Sonnenschirm gemütlich, die geschwollenen Füße in eine Schüssel mit kaltem Wasser getaucht und zärtlich meinen nackten Kugelbauch streichelnd, in dem das werdende Leben kräftig strampelte.

Der Herbst 1978 kam, der Ackerboden war entrümpelt, „entsteint" und notdürftig aufbereitet und das Fundament für die Gartenlaube errichtet worden. Die weiteren Arbeiten mussten bis zum nächsten Frühjahr verschoben werden.

Im Oktober erblickte unser Sohn das Licht der Welt, und mein Mann hatte den ganzen Winter über viel Zeit für seine kleine Familie.

Im Frühjahr 1979 wurde die Gartenlaube angeliefert und auf die dafür vorgesehene Plattform gesetzt. (Genauso großzügig wie heimtückisch hatte mein Mann die Auswahl des kleinen Hauses mir überlassen, vermutlich in der Hoffnung, mich damit etwas zu motivieren ...)

Ich entschied mich für eine urige Holzhütte, obwohl mein Gatte eher für ein gemauertes Häuschen plädierte. Mein Schwager aus München, seines Zeichens gelernter Pflasterer, reiste mit seinem Werkzeug ausgestattet per Linienflugzeug an, um unsere Terrasse fertig zu stellen.

Täglich wanderte ich mit dem Kinderwagen, der ein beachtliches Gewicht aufwies, schnaufend bergauf und bergab zur Gartenanlage, um meinen herzkranken Schwerstarbeiter, der sich so gut wie keine Pausen gönnte, mit einer warmen Mahlzeit zu versorgen.

Nach einiger Zeit konnte man mit etwas Fantasie erkennen, dass aus dem Gelände einmal ein Schrebergarten werden sollte.

Mein Mann stand auf der mustergültigen Terrasse und ließ nachdenkliche Blicke über „sein" Terrain gleiten. Da in der Kleingartenanlage äußerst strenge Vorschriften galten, die man ausnahmslos strikt zu befolgen hatte, waren seine persönlichen Vorstellungen auf ein geringes Maß geschrumpft.

Zwei Drittel der gesamten Fläche mussten als Ackerland genutzt werden, daran führte kein Weg vorbei, während ein Drittel für den zukünftigen Rasen bestimmt war. Man schrieb uns sogar die Anzahl der Obstbäume und ihre Standorte vor. Mehrere Male im Gartenjahr waren allgemeine Pflichtarbeiten abzuleisten, deren Vernachlässigung eine saftige Geldstrafe zur Folge hatte!

„Menschenskind, was hast du dir da nur eingebrockt!", konnte ich mir nicht verkneifen, in bösem Ton zu sagen. „Da wäre ich doch lieber jeden Tag in einem Park mit dem Kleinen spazieren gegangen! Die Schufterei hier könnte irgendwann deinen Tod bedeuten; ist dir das eigentlich bewusst?!"

„Ich habe mir einen englischen Rasen vorgestellt. Da darf kein Unkraut drin wachsen", lenkte mein Gatte geschickt vom Thema ab, meine erbosten Bemerkungen geflissentlich überhörend.

„Wir haben ein Kleinkind! Wir brauchen keinen englischen Rasen, sondern demnächst eine Spielwiese!!", rief ich ärgerlich aus. „Der Kleine muss darauf krabbeln können, ohne dass man ihm jeden umgeknickten Grashalm übel nimmt!"

Zum zweiten Mal in unserer Ehe hatte ich mich knallhart durchgesetzt. Der englische Rasen fiel flach; an seiner Stelle bekamen wir eine normale Wiese, in der sich - sehr zum Ärger meines Gatten - Gänseblümchen und Klee genauso tummelten wie Löwenzahn und andere Wildkräuter. Allerdings nahm mein Göttergatte mir das Versprechen ab, hin und wieder mit einem speziellen Gartengerät allzu verwegenen „Unkräutern" gnadenlos zu Leibe zu rücken.

Im Laufe der Zeit nahm der Garten Formen an. Dank des durch meinen Gatten selbst angefertigten, aus mehreren übel riechenden Substanzen hergestellten Düngers wuchsen die Pflanzen genauso prächtig wie unser Söhnchen, das seit einiger Zeit des Vierfüßlerstands überdrüssig geworden war und sich aufrecht und etwas unbeholfen durch die Wiese bewegte.

Fassungslos stand mein Gatte eines Tages im neu angelegten Steingarten vor der Laube.

„Ich hab doch hier eine Pfingstrose gesetzt; das weiß ich ganz genau!", rief er aus.

Ups! Betroffen senkte ich den Blick. Kurz zuvor nämlich hatte ich genau an der Stelle, auf die er jetzt fassungslos starrte, mit der Hacke ein paar kleinen, undefinierbaren grünen Stängeln - in der Annahme, dass es Unkräuter seien - den Garaus gemacht.

Die daraufhin neu gesetzte Pfingstrose erhielt, um sie vor eventuellen bösartigen Attacken meinerseits zu schützen, eine eigene kleine Umzäunung.

Zur „Strafe" für meine unkundige Handlungsweise musste ich einen Lehrgang über Gartenpflanzen und ihre Pflege über mich ergehen lassen und bekam im Laufe der Zeit immer mehr Pflichten aufgebrummt, für die mir eigentlich gar keine Zeit blieb.

Ich hatte nämlich - neben der Verarbeitung der anfallenden ersten Gartenprodukte, der Reinhaltung der Laube, der Zubereitung der Mahlzeiten und der Versorgung unserer Wohnung - reichlich damit zu tun, unseren Dreikäsehoch zu verfolgen, der ständig auf dem Ackerland unterwegs war, um alles Grüne, das in seiner Augenhöhe wuchs, in den Mund zu stopfen.

Hatte ich ihn vor ein paar Sekunden noch soeben von den reizvollen Blättern der Pfingstrose fernhalten können, so stand er im nächsten Moment bereits vor den Buschbohnen, deren dichtes Blattwerk eine ungeheure Anziehungskraft auf ihn ausübte.

Aufgrund der Tatsache, dass mein Ehemann schwer krank und eigentlich für die teilweise kräftezehrende Gartenarbeit völlig ungeeignet war (ein Zustand, den er sogar vor sich selbst zu verheimlichen versuchte), wurde meine Wenigkeit mehr in die Pflicht genommen, als mir lieb war. Schließlich hatte ich mich von Anfang an gegen die Anschaffung des Gartens gesträubt!

Diverse Gartenfeste, an denen ich teilnehmen musste, ob ich wollte oder nicht, überstand ich nur in stark alkoholisiertem Zustand und weil ich mich hin und wieder zur Belustigung der Gartengemeinschaft als Clown betätigen durfte.

Der Eintritt in die handarbeitende Frauengruppe fand genauso wenig meinen Gefallen wie gelegentliche Bemerkungen netter Gartenfreunde nebst ihrem Anhang.

„Ach, Frau H., sind Sie dran mit der Pflichtarbeit? Machen Sie das aber bloß gründlich", bekam ich zu hören, während *sie* ausgestreckt auf ihren Liegen faulenzten und *ich* auf allen Vieren in den Randstreifen vor ihren Gärten herumkroch, um sie vom Unkraut zu befreien ...

„Eines muss ich dir mal sagen, Rudi. Ein Apfelbaum darf nicht so dicht sein. Man muss durch seine Krone einen Hut durchwerfen können!", rief mein fachkundiger Vater ein paar Jahre später missbilligend aus. „Du musst den rigoros beschneiden. Wenn der so ein dichtes Blattwerk behält, wird er keine Früchte tragen!"

Noch soeben konnte ich Papa davon abhalten, den „Hut-Test" anschaulich vorzuführen, aber nicht verhindern, dass zwischen meinem Gemahl und seinem Schwiegervater ein heftiger Streit entbrannte.

Stillschweigend gab ich Papa Recht, denn er war auf einem Bauernhof aufgewachsen, während mein Gatte - vor meiner Zeit - nur einen kleinen Garten hinter dem Wohnhaus sein eigen nennen konnte, in dem er vornehmlich Karnickel züchtete, die meistens als Weihnachtsbraten auf dem Teller endeten.

Mein Ehemann setzte schließlich seinen Dickkopf durch und beließ dem Apfelbaum sein dichtes, Schatten spendendes Blattwerk. Mein Vater dagegen behielt Recht. Zur „Erntezeit" ließ sich nach längerem Suchen im grünen Dickicht des Baumes ein einziger, recht mickriger Apfel blicken.

„Ach, guck mal! Da ist ja einer!", rief mein Sohn freudestrahlend aus.

Überglücklich „erntete" mein Gatte den Fund, zerlegte ihn in vier gleichmäßige Stücke und sah sich dazu veranlasst, anschließend „zur Feier des Tages" eine Sektflasche zu öffnen, um das unverhoffte Ereignis gebührend zu begießen.

Viele Jahre vergingen, während deren Verlaufs ich mich langsam an die ungeliebte Gartenarbeit gewöhnte. Mein Gatte, aufgrund seiner dauerhaften Erkrankung inzwischen zum Frührentner avanciert, musste mehrmals mit der Bewirtschaftung des Ackers aussetzen, weil ihn ein schmerzhafter Hexenschuss auf die heimische Matratze bannte, oder weil sein geschädigtes Herz ihm längere Zwangspausen auferlegte. Jahre, in denen ich doppelten und dreifachen Einsatz zeigen musste.

Während Familienmitglieder, Nachbarn und Freunde in unserem Garten gemütliche Grillpartys feierten, bei denen mein kranker Mann als „Grillmeister" stets mithalten konnte, ohne den Rest seiner Gesundheit zu gefährden, hielt ich mich meistens daheim in der Küche auf, um in großen Mengen anfallendes Gemüse zu putzen, einzukochen oder einzufrieren und diverses Obst zu Marmelade zu verarbeiten.

Als hätten wir nicht selbst genug Erträge, brachte mein Gemahl zusätzlich freudestrahlend noch Früchte mit heim, die er als milde Gabe von Gartennachbarn erhielt.

Um mir keinerlei Chance zu lassen, eventuell in Langeweile zu versinken, pflanzte mein Gatte immer wieder nachwachsendes Gemüse an, das mehrmals im Jahr verarbeitet werden musste!

Hin und wieder unternommene Versuche, überschüssigen Kohl bei Nachbarn „loszuwerden", scheiterten größtenteils. Wurde er hin und wieder dennoch dankend angenommen, fand er sich meistens am nächsten Tag im Müllcontainer wieder.

Mein Nervenkostüm war am Boden zerstört (was oftmals ergiebige Tränenergüsse zur Folge hatte), sämtliche Gelenke schmerzten, die Finger schwollen an, *ein* Hexenschuss löste den anderen ab, nachts raubten mir heftige Rückenschmerzen den Schlaf, aber *„der beste Weg zur Gesundheit ist ... !"*

„I am the winner"

„Ich habe gewonnen!", jubelte mir Alex eines Tages freudestrahlend zu, und er drückte mich anschließend so fest, dass mir die Luft wegblieb!

„Wie ... was ... wo?!", prustete ich, während ich versuchte, mich aus dem stählernen Griff seiner Arme zu befreien. „Was hast du denn Großartiges gewonnen? Eine Gallenblasen-OP erster Klasse für zwei Personen in der Schwarzwaldklinik?!"

Alex lachte ausgelassen wie ein Kind. „Falsch! Ganz falsch! Rate weiter!"

„Was denn dann?", fragte ich leicht genervt. „Etwa im Lotto? Wie viele Millionen sind es denn, dass du dermaßen aus dem Häuschen bist?!"

Lachend winkte Alex ab.

„Quatsch! Lotto habe ich schon lange nicht mehr gespielt. Kommt eh nichts bei rum. Ne, halt dich fest! Ich habe eine einwöchige Reise gewonnen! Eine für zwei oder drei Personen! Für die dritte müsste ich allerdings etwas zuzahlen. Aber ich darf wählen zwischen Spanien oder Bayerischem Wald!"

Beifall heischend blickte mein Freund mir in die Augen, während ich ihn skeptisch ansah.

„Dann hast du sicher ein Kreuzworträtsel gelöst und den Haupttreffer gelandet?!", fragte ich.

„Nnnnein, nicht ganz, aber so ähnlich!" Alex lachte abermals wie ein Kind, das diebische Freude über sein Geheimnis empfand. „Da kommst du nie drauf; deshalb sag ich's dir jetzt. Vor ein paar Tagen rief ein Vertreter von einem Weingut in Hessen an. Weißt du, ich hatte da an einem Preisausschreiben teilgenommen. Da musste man ein paar Fragen auf einer Postkarte mit Ja ankreuzen und wieder zurückschicken. Und was denkst du: Ich habe prompt gewonnen! Und nun kommt dieser Mensch gleich mit ein paar Weinproben und bringt die Gewinnunterlagen gleich mit!"

Hellhörig geworden, blickte ich meinen Freund skeptisch an. ‚Weinproben?! Na, wenn du da bloß nicht einen gewaltigen Bock geschossen hast' dachte ich bedrückt.

Alex' euphorischer Zustand versetzte mich in sofortige Alarmbereitschaft. Wie oft hatte man schon recht ungute Kunde von dergleichen Preisausschreiben vernommen, oder die abenteuerlichsten Berichte darüber gelesen! Außerdem kannte ich Alex' kindhafte Gutgläubigkeit inzwischen zur Genüge ...

„Du erlaubst ja wohl, dass ich bleibe, bis der kommt, oder? Ich möchte mir den Typen gern mal ansehen", erklärte ich entschlossenen Tones, um eine eventuelle Ablehnung seitens meines Freundes im Keim zu ersticken.

„Na ja ... wenn du meinst ...", stammelte Alex zunächst wenig begeistert, besann sich aber schnell eines Besseren. „Vielleicht ist es ja sogar besser, wenn man einen Zeugen hat", willigte er ein. „Vier Augen sehen schließlich mehr als zwei."

„Hm, genau. Und vier *Ohren* hören mehr als zwei ...", entgegnete ich.

Eine gute halbe Stunde nach meinem Eintreffen in Alex' Behausung klingelte es an der Wohnungstür. In freudiger Erwartung eilte Alex durch den Korridor, riss mit Schwung die Tür auf und ließ einen stattlichen Mann mittleren Alters mit schütterem Haar, penibel bekleidet mit einem dunklen Anzug und weißem Hemd nebst Krawatte, in den Korridor eintreten. Beidhändig trug der Besucher einen voluminösen, augenscheinlich sehr schweren Aktenkoffer.

‚Aha, so ein ‚Anzug-Fred' dachte ich' (so pflegte mein Sohn diejenigen Herren zu nennen, die im Berufsleben in Jackett und Krawatte agieren mussten); ich selbst nannte den Mann seines Outfits zufolge gedanklich einen ‚Lackaffen'. Meine Skepsis begab sich ins Uferlose.

Im Türrahmen zum Wohnzimmer angelangt, stellte der Besucher den Aktenkoffer ab, streckte mir seinen rechten Arm entgegen und rief überschwänglich freundlich: „Ah, die Frau Gemahlin ist auch anwesend. Das ist ja schön. Guten Abend, gnädige Frau!"

Eine unangenehme Gänsehaut überzog bei diesen Worten meinen Rücken. ‚Genauso habe ich mir den Schleimer vorgestellt' dachte ich, während ich ihm verkrampft lächelnd meine Hand zum Gruß hinstreckte.

Irgendwie hätte ein formvollendeter Handkuss das Bild, das ich mir in den ersten Sekunden von dem Besucher gemacht hatte, abgerundet, aber der Kelch ging gottlob an mir vorüber. „Unten durch" war dieser Mensch aber auch ohne Handkuss bei mir.

„Das ist nicht meine ...", hob Alex zu erklären an; es gelang mir jedoch, ihn im letzten Moment mit einem entsprechenden Blick zum Schweigen zu bringen. Leicht verstimmt bot er dem Gast einen Platz am Tisch an und ließ sich selbst anschließend direkt neben ihm nieder.

„Tja, Herr Meineke, Sie sind also glücklicher Hauptgewinner einer Reise mit herrlichem Ziel, ganz egal, für welches der beiden Sie sich entscheiden werden", rief der Handelsreisende aus. „Haben Sie sich denn, gemeinsam mit der gnädigen Frau Gemahlin, schon Gedanken darüber gemacht, *wohin* Sie gerne reisen möchten?"

„Wenn schon, dann in den Bayerischen Wald", kam ich Alex zuvor, der daraufhin seinen bereits halb geöffneten Mund sofort wieder zusammenkniff.

„Gut. Sehr gut", rief der Vertreter enthusiastisch aus. „Eine wirklich sehr gute Entscheidung, meine Gnädigste, denn dort haben wir ein herrliches Hotel unter Vertrag! Sie werden begeistert sein! Dann darf ich Ihnen nun zunächst unsere

Weine vorstellen, bevor wir zur Unterzeichnung der Vertragsunterlagen schreiten ..."

Während der Vertreter seinen in zweifachem Sinne gewichtigen Koffer herbeiholte und öffnete, blickten Alex und ich uns aufhorchend in die Augen. ‚Welche Vertragsunterlagen?' schienen Alex' Blicke zu fragen, während ich ‚Aha, jetzt kommt der Haken. Nun wird die Katze aus dem Sack gelassen' dachte.

„Wie bitte?! Wieso Vertragsunterlagen?!", fragte Alex in der nächsten Sekunde mit Unverständnis in Augen und Stimme. „Wieso muss ich für einen Gewinn Vertragsunterlagen unterzeichnen?!"

Der Vertreter lächelte väterlich, bevor er in geduldiger Manier eines Pfarrers erklärte:

„Lieber Herr Meineke, natürlich müssen wir uns irgendwie absichern, dass Sie diese Reise auch sicher antreten werden. Dafür müssen Sie Verständnis haben. Sehen Sie, wenn Sie - aus welchem Grund auch immer - kurz vorher zurücktreten, können wir niemand anderen mehr mit der kostenfreien Woche dort beglücken."

‚Und *mit* Unterschrift dürftest du dann die Kosten für die nicht angetretene kostenlose Reise begleichen' vollendete ich gedanklich den unausgesprochenen Rest des Vertreter-Vortrags.

„Es sind immerhin tausend Mark, die wir dann zu unseren Lasten nehmen müssten", warf der Vertreter anstelle meiner gedanklichen Worte in den Raum.

„Ja ... ja, da haben Sie wohl recht", pflichtete Alex ihm etwas kleinlaut bei.

„Aber nun nehmen wir doch bitte erst die Weinprobe in Angriff. Schließlich wollen Sie doch sicher vorher kosten, was Sie bestellen!", redete der Besucher in freundlichem, aber dennoch bestimmenden Ton weiter, entnahm seinem Koffer mit geübten schnellen Griffen ein umfangreiches Papierpaket und danach drei Weinflaschen nebst zwei Gläsern.

Alex sah mir mit verständnislosem Blick in die Augen, während ich ‚Nachtigall, ich höre dir trapsen' dachte.

„Dann wäre hier jetzt einmal der Vertrag über die Abnahme einer Kiste Wein ihrer Wahl monatlich über die Dauer eines Jahres, und zum zweiten unterzeichnen Sie bitte die Zustimmung zur Reise in den Bayerischen Wald."

Alex erbleichte dezent, während eine unaufhaltsam aufkommende Wut begann, meinen Hals zuzuschnüren.

„Mooooment mal!!", hörte ich Alex in gehobener Lautstärke ausrufen. „Was heißt hier *eine Kiste Wein monatlich?!* Davon war aber nirgends die Rede!"

Ein maliziöses Grinsen entstellte umgehend das Gesicht des Vertreters.

„Bester Herr Meineke; die Reise ist natürlich abhängig von einer Weinbestellung. Können Sie sich nicht erinnern? Sie haben eine Bestellkarte unterschrieben und zurückgeschickt", behauptete er in hartem Ton.

Alex wurde noch eine Spur bleicher.

„Ich habe ... w a s unterschrieben?", rief er weithin hörbar aus.

Es war nicht möglich, den Anzug-Fred seiner inneren und äußeren Ruhe zu berauben. Geduldig, als rede er mit einem Kind, ließ er den nächsten Hinweis verlauten.

„Werter Herr Meineke; Sie haben doch eine Postkarte mit einigen hübschen Kreuzchen versehen und unterzeichnet an unsere Adresse gesandt. Das stimmt doch, oder? Sollte es Ihrer Aufmerksamkeit entgangen sein, dass ..."

„ ... ich damit auch einen Weinabnahmevertrag unterschrieben habe?!", ergänzte mein Freund den begonnenen Satz des Vertreters. „Das ist jetzt nicht Ihr Ernst, oder?!"

„Doch, mein voller", erklärte der Kontrahent seelenruhig. „Aber, lieber Herr Meineke! Nun beruhigen Sie sich bitte und probieren mal ein Glas dieses köstlichen Weines. Sie werden sehen, anschließend können Sie es gar nicht mehr erwarten, ihn möglichst schnell käuflich zu erwerben."

Alex sprang so schnell von seinem Stuhl auf, dass dieser mit lautem Poltern hinter ihm zu Boden fiel.

„Sagen Sie das noch mal!", rief er so laut, dass das Echo seiner Worte von den Wänden zurückhallte.

Beruhigend legte ich meine rechte Hand auf seinen Unterarm.

„Schscht, Schatz, bleib ganz ruhig. Warum sollen wir die Weine nicht gemeinsam probieren?"

Mit herausforderndem Blick sah ich dem Vertreter, der leicht errötet war, ins Gesicht.

„Ich nehme an, dass wir diese Kostprobe nicht extra bezahlen müssen, oder?", fragte ich.

In Sekundenschnelle verwandelten sich seine Züge wieder in die freundliche Maske des geschulten Verkäufers.

„Aber nein; natürlich nicht", bestätigte er jovial und goss den goldgelben Inhalt einer Weinflasche in die Gläser.

Wir stießen miteinander an und probierten mit langsamen Schlucken das gespendete Getränk.

„Hmm, lecker", musste ich anerkennend zugeben. „Ich bin zwar keine Weintrinkerin, muss aber trotzdem sagen, dass dieses Tröpfchen wirklich gut schmeckt."

Alex bestätigte meine Meinung, und der Vertreter strahlte.

„Sehen Sie. Das wusste ich doch. Und nun noch die beiden anderen ..."

Nachdem wir alle drei edlen Weinsorten durchgekostet hatten, besserte sich die Stimmung meines Gefährten von einer Sekunde zur anderen, während sich meine Sinne mehr und mehr trübten. Die Kontrolle über meine Zunge erwies sich als mittelmäßig schwierig.

Alex klopfte dem Vertreter brüderlich auf die rechte Schulter und rief anschließend gutgelaunt: „So, mein Freund! Dann schreiten wir doch jetzt mal zur Unterzeichnung des Gewinner-Vertrages!"

Der freundliche Gesichtsausdruck des Besuchers veränderte sich schlagartig.

„Schreiten wir, lieber Herr Meineke, schreiten wir. Aber ich bin weit davon entfernt, Ihr Freund zu sein, wenn Sie nicht als erstes den Vertrag für die Weinabnahme unterschreiben. Haben wir uns da verstanden?!"

Auch in Alex' Gesicht erschienen dunkle Wolken.

„Zum Kuckuck noch mal! Sie können mich doch nicht dazu zwingen, den Vertrag für eine Bestellung zu unterzeichnen, die ich gar nicht getätigt habe!!", brüllte er.

Ich beugte mich so weit vor, dass ich seinen Atem spüren konnte, als ich dem Vertreter ins Gesicht sah und dabei seine Augen fixierte.

„Nun lassen Sie mal die Hosen runter", sprach ich ihn - über mich selbst schockiert - mit schwerfälliger Stimme an.

„Wie bitte?!", rief er konsterniert aus und rückte hastig ein Stück von mir ab.

„Sie haben doch diese oma ... ominöse Bestellkarte sicher dabei. Dann zeigen Sie mir die doch mal! Ich will das Ding jetzt sofort sehen!"

Ich kannte mich selbst nicht mehr wieder ...

„*Was* wollen Sie?!", wurde ich von dem Mann unhöflich angefahren. „Sie haben überhaupt nicht das Recht, hier irgendetwas einzusehen! Der Vertrag ist lediglich zwischen meiner Firma und Herrn Meineke zustande gekommen!"

„Bis jetzt ist außer einer kostenlosen Weinprobe *überhaupt nichts* zustande gekommen", lallte ich, während Alex betroffen immer mehr in sich zusammensackte. „Sie haben von Herrn Meineke bisher angeblich eine Karte erhalten, auf der er irgendwelche Fragen bejahend angekreuzt haben soll. Beweisen Sie das erstmal! Rücken Sie das Ding raus! Wenn da unter anderen, harmlosen Fragen die Frage „Möchten Sie unseren Wein bestellen" oder so ähnlich auftaucht, so ist dieses Geschäftsgebaren reine Irreführung, pure Hinterlist, unlauterer Wettbewerb, und all das ist strafbar; selbst wenn die Frage mit JA angekreuzt wurde, denn auf die Art wurden Personen wissentlich hinters Licht geführt!"

Fordernd streckte ich dem Mann meine geöffnete Hand entgegen.

„Wenn Sie meiner Aufforderung nicht umgehend nachkommen, werter Herr, zeigt Ihnen Herr Meineke gleich, wo der Zimmermann das Loch gelassen hat", hörte ich mich, über mich selbst verwundert, in sicherem Ton sagen.

„Jetzt reißt mir aber die Geduld!", brüllte der Anzug-Fred und sprang auf. „Ihnen gegenüber fühle ich mich zu nichts, aber auch zu gar nichts verpflichtet! Weisen Sie sich erstmal aus! Wer sind Sie denn überhaupt?! Seine Putzfrau? Seine Geliebte? Seine *Frau* jedenfalls nicht!"

Der unkontrollierte Ausbruch des Vertreters ließ meinen Gefährten umgehend über sich selbst hinauswachsen.

„Siiiiiieeeee!", brüllte er den Mann in markerschütternder Lautstärke an. Sein Gesicht zeigte tiefe Zornesröte. Als er mit beiden Händen nach dem gestärkten Hemdkragen seines erblassten Gegenübers griff, drängte ich mich dazwischen.

„Beruhige dich, Schatz", versuchte ich, meinen aufgebrachten Gefährten zu beschwichtigen. „Mach dir nicht die Hände schmutzig. Wirf ihn einfach raus!"

„Sie haben's gehört", sprach Alex in gemäßigtem Ton aus. „Danken Sie dem Himmel dafür, dass meine Verlobte so nachsichtig ist. Wäre sie das nicht, dann hätte ich für nichts mehr garantieren können. Packen Sie ihren Krempel zusammen, und verschwinden Sie, aber schnellstens. Wo die Tür ist, wissen Sie ja!"

Eiligst, mit hochrotem Kopf raffte der Anzug-Fred die auf dem Tisch ausgebreiteten Papiere zusammen und ließ sie gemeinsam mit den benutzten Gläsern leise fluchend wieder im Aktenkoffer verschwinden. Die geleerten Weinflaschen dagegen ließ er auf dem Tisch zurück.

„Die Sache wird ein Nachspiel haben", knurrte er, als er an Alex vorbei musste, um zur Tür zu gelangen.

„Worauf Sie sich verlassen können!", antwortete mein Gefährte, öffnete die Wohnungstür, ließ den unangenehmen Gast passieren und schloss hinter ihm mit Nachdruck die Tür wieder.

„So. Den wären wir los", sagte er, sichtlich erleichtert. „So ein unverschämter Lümmel. Aber der kann was erleben ..."

„Was hast du denn nun wirklich angekreuzt und unterschrieben? Erinnerst du dich?", fragte ich Alex voller Skepsis.

„Ne, nicht genau. Das waren insgesamt zehn Fragen, das weiß ich noch genau. Aber mit Sicherheit wollte ich keine Unmengen von Wein bestellen!", erwiderte mein Gefährte.

„Na, dann können aber noch unangenehme Dinge auf dich zukommen, wenn Aussage gegen Aussage stehen sollte. *Ich* an deiner Stelle hätte den Typen allerdings schon viel früher rausgeschmissen. Aber ich konnte das ja nicht tun; es ist schließlich nicht meine Wohnung. Überhaupt hätte ich mich auf so was gar nicht erst eingelassen! Irgendwas stimmt da nicht, das spüre ich im Urin; sonst hätte er mir doch reinen Gewissens die ausgefüllte Bestellkarte zeigen können. Aber warten wir's mal ab."

„Auf jeden Fall werde ich da morgen früh sofort anrufen und denen erzählen, was für zweifelhafte Gestalten sie da auf die Menschheit loslassen!", ereiferte Alex sich.

„Ich habe eben einen Anruf von der Geschäftsleitung des Weinguts bekommen", jubelte er mir einige Tage später telefonisch zu. „Stell' dir vor: Die entschuldigen sich sehr für den Auftritt ihres Außendienst-Mitarbeiters und bedauern den Vorfall aufs Tiefste. Aufgrund geschäftsschädigenden Verhaltens wurde der Kerl fristlos entlassen! Ist das nicht toll?!"

„Na ja, für dein Selbstwertgefühl vielleicht, für den Mann aber eher nicht", antwortete ich betroffen, weil ich trotz des ausgestandenen Ärgers plötzlich etwas Mitgefühl für den Vertreter empfand. Sicher hatte er Familie, war mehrfacher Vater und hatte auch nur - wenn auch etwas ungeschickt - seinen Job machen wollen.

„Tut der dir etwa leid?", fragte Alex in einem Ton, als hielte er mich für verrückt. „Das verstehe ich ja nun gar nicht! Das hat der sich doch selbst zuzuschreiben!"

Ohne einen weiteren Kommentar meinerseits abzuwarten, plapperte Alex weiter.

„Das Beste kommt ja noch! Wir dürfen die Reise antreten, obwohl ich den Vertrag dafür nicht unterschrieben habe. Das soll so eine Art Wiedergutmachung für die erlittenen Unannehmlichkeiten sein. Allerdings ... einen Haken hat die Sache doch noch."

„Was für einen Haken denn?", fragte ich auf den recht kleinlauten Schlusskommentar meines Freundes hin alarmiert, und ich war auf alles gefasst.

„Ich musste mich verpflichten, drei Monate lang jeweils eine Kiste Wein abzunehmen!"

Vierzehn Stunden hatte die Fahrt in den hintersten Winkel des Bayerischen Waldes gedauert. Lange Stunden, während derer wir abwechselnd frieren, schwitzen, dursten und hungern mussten. Hinzu gekommen waren diverse Kommentare meines vierzehnjährigen Sohnes, der wenig Begeisterung darüber zeigte, mitfahren zu müssen, ohne den ich die Reise aber nicht antreten wollte.

Endlich waren wir auf dem großen, überfüllten Parkplatz eines ebenso großen Hotelkomplexes angekommen; die erste Hürde, mit Tücke und List einen passablen Platz gefunden zu haben, war glücklich überstanden.

„Lieber Himmel! Wo kommen die vielen Leute her?!", wunderte Alex sich. „Na, das kann ja heiter werden. Aber nun kommt, ihr Lieben. Wir wollen uns die Laune nicht verderben lassen, sondern die gewonnene Urlaubswoche genießen."

„Nach einer Oase der Erholung und Ruhe sieht das aber nicht aus, sondern eher nach einem Rummelplatz", maulte mein Filius. „Seid ihr sicher, dass wir hier richtig sind? Das Getümmel hier kommt mir vor, als fände ein Kongress für Hirnlose statt."

„Vorsicht, Bursche! Halt dich zurück mit deinen Bemerkungen. Schnapp' dir lieber unsere Koffer!", rief Alex mit strengem Gesichtsausdruck aus.

„Aha, jetzt weiß ich endlich, welche Rolle *ich* hier spiele: Den Gepäckträger!", murmelte mein Sohn sarkastisch.

Bevor die Hand meines Lebensgefährten das Gesicht meines Sohnes erreichen konnte, schubste ich diesen etwas beiseite.

„Sei lieber still", flüsterte ich ihm zu. „Reize unseren Hauptgewinner nicht noch mehr. Der ist ohnedies schon auf hundertachtzig."

Mein Gefährte verschwand hinter der großen Glastür, die zur Eingangshalle des Hotels führte und entschwand unseren Blicken. Sekunden später hörte ich ihn erschrocken ausrufen:

„Ach du meine Güte! Was ist denn hier los?!"

Das Foyer des Hotels war mit unzähligen Menschen nebst umfangreichen Gepäckstücken übersät. Es gab weder ein Hin noch ein Zurück mehr. Umgeben von missmutigen, sichtlich erschöpften Gestalten bahnte Alex sich nach circa einer halben Stunde einen Weg. Wild entschlossen, stieg er über unzählige Koffer und Taschen hinweg, um zur Rezeption zu gelangen, wo er eine Hotelangestellte ansprach, die, ohne ihn eines Blickes zu würdigen, unfreundlich nach seinem Begehren fragte.

„Sagen Sie mal, was soll das alles hier?!", schnauzte Alex recht ungehalten. „Wann kommen wir endlich mal dran? Wir sind schließlich Gewinner!!"

Mit schläfrigem Augenaufschlag blickte die Dame meinem Freund ins Gesicht und erklärte in spöttischem Ton: „Wir haben hier *nur* Gewinner. Sie müssen schon die Güte haben und warten, bis Sie aufgerufen werden."

„Das ist ja ... das ist doch wohl das Letzte!", rief Alex empört aus. „Ich bestehe darauf, sofort den Schlüssel für unser Appartement ausgehändigt zu bekommen. Ansonsten werde ich mich an höherer Stelle über Sie beschweren!"

Ein weiterer schläfriger Blick aus den Augen der Angestellten traf meinen Freund, bevor sie in gelangweiltem Ton sagte: „Tun Sie das. Sehen Sie die Tür hinter mir? Dort befindet sich das Büro des Managers. Viel Erfolg."

Ein undeutliches Raunen von zahllosen Stimmen füllte sekündlich den Raum. Alle anwesenden „Gewinner" pflichteten dem Wunsch meines Partners bei.

Alex begab sich hinter die Rezeption und klopfte energisch an die bezeichnete Tür. Er wurde ins „Allerheiligste" gebeten, und Minuten später hörte man ihn aufgebracht rufen: „Ich verlange, dass Sie jetzt wenigstens mit raus kommen und uns darüber aufklären, wie es jetzt weitergeht! Zumindest könnten Sie die angekommenen Gäste begrüßen!"

Der Manager leistete dem energischen Wunsch meines Gefährten Folge.

„Ich heiße Sie zunächst in unserem Hause herzlich willkommen, meine Herrschaften", stammelte er; seine Worte klangen etwas gezwungen. „Bitte haben Sie noch ein paar Minuten

Geduld. Meine Assistentin wird Sie gleich aufrufen, und dann wird die offizielle Aufnahme vorgenommen. Anschließend können Sie ihre Appartements aufsuchen, sich etwas frisch machen, oder was auch sonst immer, und um zwanzig Uhr wird im großen Speisesaal das Abendessen serviert!"

„Na bitte, geht doch. Das ist ja schon mal was", kommentierte Alex die Rede des Managers. „Aber es wäre nett, wenn es jetzt etwas zügiger voran ginge, denn wir sind - und ich denke, ich spreche hier für alle angekommenen Gäste - abgespannt von der Reise und haben wirklich das Bedürfnis, uns frisch zu machen."

Der Manager verschwand wieder in seinem Büro. Die zuvor etwas schläfrige Angestellte zeigte sich plötzlich hellwach. Sie erhielt Unterstützung durch zwei männliche Kollegen, die sich Leibwächtern ähnlich rechts und links neben ihr aufbauten.

„Na, dann wollen wir mal, meine Herrschaften", rief die Dame fröhlich aus. „Es wäre im Übrigen nett, wenn Sie das Geld passend hätten. Dann ginge alles flotter voran!"

Mit erblasstem Gesicht drehte Alex sich zu mir um, fragte unter verständnislosem Blick panisch: „Welches Geld denn?!", während mir eine komplette Lichterkette aufging.

Sarkastisch antwortete ich: „Ich will dich nicht beunruhigen, Schatz. Aber ich glaube, du warst da wohl mit ein paar Kreuzchen auf der ominösen Karte etwas unvorsichtig!"

Was ich wirklich dachte, verschwieg ich meiner guten Kinderstube zu Ehren.

„Na, los, los, los! Tempo!", ertönte die markerschütternde Stimme des linken „Bodyguards". „Nicht so träge, meine Herrschaften! Wir wollen doch alle Feierabend haben, oder?!"

Das „Schweigen im Walde" war ein Volksfest gegen die plötzlich eingetretene sekundenlange Stille. Anschließend brach der Sturm in Form eines heftigen Geschreis aus unzähligen Kehlen los.

„Wie bitte?!" ... „Wo sind wir denn?! Auf dem Kasernenhof?!" ... „Was erlauben die sich?!" „Auch wenn sie uns etwas schenken, brauchen sie nicht so unhöflich zu sein!"

„Ruhe bitte!!", brüllte einer der Bodyguards dazwischen. „Der Zwergenaufstand bringt uns keinen Schritt weiter! Wir alle wollen es doch hinter uns bringen, oder?!"

‚Na, wenigstens hat er Bitte gesagt' dachte ich sarkastisch.

Weitere Zitate erübrigen sich; die unzähligen Menschen bildeten eine Schlange, und einer nach dem anderen trug sich ins Gästebuch ein. Stapel von Hundertmarkscheinen verschwanden in einer großen Geldkassette.

Fassungslos drehte Alex sich zu mir herum.

„Was geht da vor; was tun die da?!", fragte er; das Unverständnis für das Geschehen um uns herum stand ihm deutlich ins Gesicht geschrieben.

„Das siehst du doch; sie zahlen", antwortete ich lächelnd. „*Wofür*, kann ich dir allerdings auch nicht erklären, zumal doch der Aufenthalt hier völlig kostenlos ist! Ganz sicher ist es aber keine Sammlung für Bedürftige."

Meine Sätze trieften vor Ironie.

Alex wurde abwechselnd rot und blass.

„Das ist ... das kann ja nicht sein. Soviel Geld habe ich gar nicht in bar dabei. Kannst du ..."

„Nein!", rief ich rigoros. „Kann ich nicht! Außerdem sehe ich das gar nicht ein! Geschenkt ist geschenkt! Sieh bitte zu, wie du das geregelt kriegst. Wie, ist mir egal. Das Beste wäre allerdings, wir reisten auf der Stelle wieder ab! Hier gefällt es mir sowieso nicht! Inmitten eines solchen Menschengewimmels kann man doch keinen Urlaub machen! Egal, ob kostenlos oder nicht!"

Entschlossenheit erschien in Alex' Gesichtszügen, streng kniff er die Lippen zu einem Strich zusammen.

„Nein! Das sehe ich überhaupt nicht ein! Meinst du, ich verbringe nochmals vierzehn Stunden auf der Autobahn?!"

An die Möglichkeit, an einer anderen Stelle im schönen Bayerischen Wald Unterschlupf zu suchen, dachte er nicht, bis ich ihm diesen Vorschlag unterbreitete. Seine verkniffenen Gesichtszüge lockerten sich allerdings trotzdem nicht.

„Nein! Wir können uns während des Aufenthalts hier gerne mal umsehen, für einen späteren Urlaub. Aber jetzt bleiben wir hier! Ich will jetzt wissen, was genau wir geschenkt bekommen!"

Resignierend, und viel zu erschöpft für weitere Diskussionen zog ich mich mit meinem völlig verstummten Sohn in eine abseits befindliche Sitzgruppe zurück und beobachtete das Treiben um uns herum.

‚Wie in einem Ameisenhaufen' dachte ich. ‚Nur geht es dort deutlich leiser zu.'

Die vergehende Zeit erschien mir wie eine kleine Ewigkeit, bis mein Gefährte endlich mit einem Schlüsselbund in der Hand erschien.

„So, nun bin ich zwar komplett blank, aber dafür haben wir endlich unser Appartement. Komm, Bursche, hilf mir beim Gepäck. Auf geht's, zack zack!"

In den Hoteletagen setzte sich das Menschengewimmel fort. Verzweifelt, erschöpft und teilweise völlig orientierungslos liefen Paare jeglicher Altersklasse in den mit altersschwacher Teppichware ausgelegten Fluren hin und her.

„Aha! Hier ist es. Kommt her!" Alex' markante Stimme übertönte mit heiterer Leichtigkeit das Raunen aus unzähligen Kehlen. „Hier ist unser Appartement!"

Überglücklich schloss er eine unübersehbar ungepflegte alte Holztür auf, die mit lautem Quietschen seinem Druck nachgab. Die an ihr befestigte Zimmernummer aus Messing begrüßte uns extra, indem sie uns zu Füßen fiel. Alex betrat danach einen winzigen Vorraum, der mit drei Personen bereits überfüllt war. Wiederum gab es kein Hin und Zurück mehr; mit Mühe und Not konnten wir unsere Jacken an die Garderobenhaken hängen, ohne uns dabei gegenseitig Verletzungen zuzufügen. In der linken Wand neben der Eingangstür befand sich eine weitere Tür, die in das Bad führte.

„Die lassen wir mal lieber noch geschlossen", bestimmte Alex nach einem skeptisch-ängstlichen Blick und schritt uns voran in den Wohn-/Schlafraum.

Mein Sohn erlag umgehend einem Lachanfall.

„Boooaaah! Wow! Das ist ja ein tolles Appartement!", rief er spöttisch aus. „Hier drin kann man sich ja direkt verlaufen! Wir können ja froh sein, dass überhaupt noch ein drittes Bett hier reingepasst hat!"

Der circa zwölf Quadratmeter große Raum beherbergte einen großen, viertürigen Kleiderschrank, ein Doppelbett der Normalgröße 2 x 2 Meter, vor dessen Fußende man ein Beistellbett für die dritte Person untergebracht hatte. Zwischen dem Notbett und einem kleinen Tisch befand sich ein Durchgang, der großzügig geschätzt zwanzig Zentimeter breit war.

Mein Sohn quälte sich den schmalen Pfad hindurch auf eine große, aus blindem Glas nebst angerosteten Metallrahmen bestehende Schiebetür zu, um einen wenig einladend wirkenden, ungepflegten Balkon zu betreten, von dessen Seitenwänden in großen Flächen der Putz abgeblättert war. Drei angerostete Balkonstühle umrahmten einen winzigen runden Metalltisch.

„Das wird ja immer schöner!", rief mein Sohn lachend aus. „Das ist ja ein wirklich toller Hauptgewinn, den du dir da an Land gezogen hast."

Alex brummelte ein paar unverständliche Worte, wandte sich verärgert ab und nahm die Besichtigung des Bades in Angriff.

Als ich ihn laut „NEIN! Das ist ja wohl ...", rufen hörte, eilte ich ihm nach, um anschließend voller Entsetzen sprachlos im Türrahmen zu verharren.

Das Bad mochte zur Zeit der Fertigstellung des Hotels komplett gefliest worden sein; allerdings hatte eine stattliche Anzahl der Kacheln ihre ehemaligen Plätze bereits verlassen und unansehnliche Stellen an den Wänden hinterlassen. Rund um den altertümlichen Wasserhahn, der über dem deutliche Rostspuren aufweisenden Waschbecken aus der Wand herausragte, hatte man die Kacheln notdürftig wieder angeklebt. Eine Duschtasse mittlerer Größe und ebensolcher Qualität befand sich in der rechten Ecke gegenüber der Eingangstür. An einer windschiefen Metallstange hatte man einen minderwertigen Duschvorhang aus Plastik angebracht, der sich stellenweise bereits von den ihn haltenden Metallringen verabschiedet hatte. Im Toilettentopf gegenüber der Dusche versickerte permanent mit lautem Blubbern das Spülwasser.

„Das ist ja herrlich!", rief ich ironisch aus. „Und wie ich feststelle, gibt es hier nicht einmal Handtücher! War irgendwann die Rede davon, dass man die von zu Hause mitzubringen hat?!"

Während mein Sohn seinen zweiten Lachanfall bekam, wurde Alex' Gesicht von leichter Verlegenheitsröte überzogen, die sich aber nach und nach in ein tiefes Rot der Wut verwandelte.

„Na, warte; da gehe ich gleich noch mal runter und erzähle denen was! Die können sich aber so was von warm anziehen ...", stieß er aufgebracht zwischen den Zähnen hervor.

„Mama, tu mir einen Gefallen; probiere doch bitte mal aus, ob man sich auf den Klotopf setzen kann, ohne dass er unter dem Gewicht vor Elend zusammenbricht", bat mein Sohn. „Also, ich trau dem Braten nicht."

Nachdem ich ihm einen strafenden Blick zugeworfen hatte, versuchte ich, Alex von seinem soeben geäußerten Vorhaben abzuhalten.

„Warte bitte noch! Vielleicht fehlt ja sonst noch was. Würde mich gar nicht wundern, wenn wir die Betten auch noch selbst beziehen dürften. Hoffentlich ist wenigstens Bettwäsche vorhanden. Die habe ich nämlich nicht eingepackt."

Alarmiert ging ich ins kombinierte Schlaf-Wohnzimmer zurück, um mich über den Zustand der Betten zu orientieren.

„Das ist ausnahmsweise okay! Die Betten sind bezogen!", machte ich erleichtert Meldung. ‚Hoffentlich ist die Wäsche auch frisch ...' dachte ich aber insgeheim.

„Schnuppere mal lieber an der Wäsche, Mama, ob da nicht vor uns schon eine Hundertschaft drin gepennt hat", bat mein Sohn, als habe er meinen letzten Gedanken erraten. „Du hast den besten Geruchssinn dafür. Aber achte darauf, dass du keine Bettwanzen einatmest."

Nochmals erntete er einen strafenden Blick meinerseits.

„Ich *schnuppere* nicht an den Betten; ich lege mich jetzt in eines hinein. Wenn die Zeit fürs Abendessen gekommen ist, könnt ihr mich wecken", erklärte ich unter herzhaftem Gähnen und war Sekunden später fest eingeschlafen.

Der Anblick des großen Speisesaals der Hotel-Gaststätte ließ unsere Augen vor Verwunderung fast überlaufen. Hier hatte man augenscheinlich an nichts gespart. Die Einrichtung in urbayerischem Stil strahlte trotz der enormen Größe des Saales einladende Gemütlichkeit aus. Angenehm überrascht, nahmen wir unsere zugeordneten Plätze an einer langen, blitzsauber und korrekt gedeckten Tafel ein und lauschten entspannt der nochmaligen, ausführlicheren Begrüßungsrede des Hotel-Managers.

Versöhnt mit unserem „Gewinner-Schicksal", und begleitet von angenehmer Unterhaltung mit unseren Tisch- und Leidensgenossen nahmen wir anschließend das aus drei Gängen bestehende, wohlschmeckende Menü ein.

Nach ungefähr zwei Stunden erhoben sich die ersten Gäste; die Anreise hatte sie so erschöpft, dass sie nur noch „an der Matratze horchen" wollten. Alex, mein Sohn und ich taten es ihnen kurz danach gleich. Vor Müdigkeit waren wir nicht mehr in der Lage dazu, uns über die Tatsache aufzuregen, dass wir uns mit eiskaltem Wasser die Zähne putzen mussten.

„Aaaaaahhhhh! Huuuuuuu! Iiiiiiiiiiiii!"
Von diesem Urschrei wurden mein Sohn und ich am nächsten Morgen auf brutalste Weise aus dem Schlaf gerissen. Bis ins Mark erschrocken, wie von Furien gehetzt, stürmte ich ins Bad, wo ich Alex schimpfend und zitternd mit blau angelaufener Haut in der Duschtasse stehen sah.

„So eine Sauerei!", fluchte er. „So was hab ich ja noch nicht erlebt. Aber wartet; heute könnt ihr was erleben! Das ist ja wohl die allerletzte Sch...!!"

Drohend richtete er eine geballte Faust gen Himmel.

„Was ist denn los? Was ist passiert?", fragte ich aufgeregt. „Aber was auch immer: Der da oben kann nichts dazu!"

„Gib mir mal ein Handtuch!", schnauzte Alex ärgerlich. „Was los ist?! Das Wasser ist eiskalt! Da kann man ja einen Herzschlag oder was noch Schlimmeres kriegen!"

„A ... aber, das musst du doch sofort gemerkt haben, als du den Wasserhahn aufgedreht hast", stammelte ich.

„Eben nicht", knurrte Alex. „Die ersten Strähle waren ja noch warm. Erst nachdem ich mich eingeschäumt und zum zweiten Mal die Hähne aufgedreht hatte, war das Sch ... wasser kalt und wurde immer kälter!"

Obwohl mein Gefährte mich etwas dauerte, musste ich mir ein schadenfrohes Grinsen verkneifen.

„Da war wohl noch ein warmer Rest in den Leitungen", philosophierte Alex weiter. „Verflixt noch mal! Gibt es in diesem Laden eigentlich irgendwas, das noch funktionsfähig ist?!", schimpfte er nachfolgend.

„Ich denke, dass du eher noch froh sein kannst, dass *überhaupt* Wasser aus der Leitung kam", bemerkte ich sarkastisch. „Also, ich würde vorschlagen, wir gehen noch zum Frühstücken, und dann packen wir unsere sieben Zwetschgen wieder ein und verschwinden hier. Das Geld müssen die dir zurückerstatten", wagte ich einen Einwand, der aber an der unvergleichlichen Dickköpfigkeit meines Freundes abprallte.

„Nix da! Wir bleiben hier und nehmen alles mit, was die noch zu bieten haben! Um das gewonnene Geschenk kommen die nicht herum, das schwöre ich dir!"

„Du hegst also immer noch die Hoffnung, dass die dir irgendetwas schenken?", stellte ich fest.

Woher mein Freund diese Hoffnung bezog, war *mir* völlig schleierhaft.

Alex trocknete sich ab und kleidete sich eilig an.

„Bleibt ihr am besten von den Wasserhähnen weg und rührt hier nichts an, bis ich wieder zurück bin. Rasieren werde ich mich auch erstmal nicht. Wer weiß, was mit den Steckkontakten in diesem ... sogenannten Bad los ist! Womöglich kommt dort das warme Wasser raus!"

Nach einer Stunde kehrte Alex mit erleichtertem Lächeln zurück.

„Ich habe den Hausmeister aufgetrieben, und der kümmert sich jetzt darum, dass wir wieder heißes Wasser kriegen. Ihr glaubt nicht, was der Mann mir alles erzählt hat! Kann ich gar nicht alles wiederholen. Aber der hat so richtig aus der Schule geplaudert und über den maroden Laden hier herzhaft geschimpft. Also, was ich jetzt weiß, ist, dass nach unserer Woche hier das Hotel wegen Komplett-Renovierung erstmal für unbestimmte Zeit geschlossen wird. Wir alle sind die letzten Gäste, deren Geld ihnen wohl noch gefehlt hat!"

Erschüttert schnappte ich nach Luft.

„Das ist ja ... unglaublich. Unerhört, was einem heutzutage so alles geboten wird. Die Leute werden in Massen hierher gelockt und abgezockt, obwohl alles kostenlos sein sollte. Ich hoffe nur, dass diese Situation hier eine dauerhafte Lehre für dich ist, und dass dir so etwas nicht noch einmal passiert!"

Mein Sohn prustete unterdessen vor Lachen. „Nochmals herzlichen Glückwunsch zu diesem Hauptgewinn!", brachte er unter Kichern mühsam heraus.

Die Tage im Bayerischen Wald nutzten wir dazu, Ausflugsziele wie die bekannte Glasbläserei in Zwiesel zu besuchen. Ich ergriff die Gelegenheit beim Schopf und erstand einen großen Glaskrug, in den ich meinen Vornamen einritzen ließ. Gefüllt mit einem Strauß aus Wiesenblumen sollte er mir später entgegen den Ärgernissen im Gewinner-Hotel eine schöne Erinnerung an die Woche verschaffen.

Ebenso brachte ich nach kurzer Überlegung Alex dazu, mit mir einen Ort unmittelbar an der tschechischen Grenze zu besuchen, in dem ich als knapp Zwanzigjährige mit meiner Mutter und meiner jüngeren Schwester einen zweiwöchigen Urlaub verbracht hatte.

„Weißt du, ich hatte mich damals in einen großen, strammen Bauernburschen verguckt, dessen Mutter in ihrem kleinen Haus Zimmer vermietete. Mich würde interessieren, ob es das dort noch gibt", erklärte ich meinem Partner etwas verlegen.

Alex stimmte sofort zu, denn auch er schien heilfroh darüber zu sein, so oft wie möglich der Stätte des Verdrusses entkommen zu können.

Es gab ihn noch, den Bauernburschen aus vergangenen Zeiten.

Deutlich geschrumpft und sehr gealtert, saß er neben seiner vergreisten Mutter auf einer Holzbank vor dem kleinen Häuschen, welches, schon halbwegs dem Verfall preisgegeben, von Hotel- und Pensions-Neubauten umrahmt seinen Platz auf einer großen Wiese verteidigte.

„Erkennst Du mich noch?", fragte ich den alten Mann, als ich dicht vor ihm stand. „Es ist sehr lange her, und ich staune, dass es euch hier noch gibt."

Das Männlein zauberte ein Lächeln in sein zerknittertes, faltenreiches Gesicht. In seine Augen, die mich zuvor verschleiert und traurig angesehen hatten, trat ein wissendes Leuchten.

„Woll woll", antwortete er leise. „Du bischt die Reni aus Bochum."

Verblüfft dachte ich: ‚Das kann ja nicht wahr sein. Der erkennt dich noch nach so vielen Jahren, obwohl im Laufe der langen Zeit sicher tausende von Leuten hier ihr Quartier hatten.'

Meine Frage, ob er verheiratet sei, verneinte er verlegen.

„Naa, naa", erklärte er, errötete wie ein Schulbub und wand sich wie ein Wurm. „Des hot si net ergeben. ... Du bischt jo net do bliebn damals!"

Nun war *ich* an der Reihe, stark zu erröten. Um die Verlegenheit zu überbrücken, erzählte ich, dass ich verheiratet gewesen, mein Mann vor einem Jahr verstorben sei und wies auf das abseits stehende Auto. „Da hinten in dem Wagen sitzen mein neuer Lebensgefährte und mein einziger Sohn."

Mutter und Sohn kniffen die Augen zusammen und versuchten neugierig, einen Blick auf meine beiden Mannsbilder zu erhaschen.

„Kannst froh sein, dass ich damals nicht bei dir geblieben bin", erklärte ich scherzhaft. *„Einen Mann habe ich bereits unter die Erde gebracht. Leicht hättest das ja dann du sein können."*
Auf meine anschließende Bemerkung hin, dass sich das Umfeld ja total verändert habe, ergriff die Greisin das Wort. Verbittert schilderte sie, dass die „Großkopferten alles Land zusammengekauft" hätten, das sie hatten kriegen können, um ihre protzigen Hotelbauten und Eigentumswohnungen darauf zu errichten.

„Die können jo alle den Hals net vollkriagn. Auch die do net", rief sie anklagend aus und schickte einen Blick hinüber zum benachbarten großen Haus, das ehemals Teil eines bewirtschafteten Bauernhofs gewesen war, der ihrem verstorbenen Bruder gehört hatte. Dessen um zwanzig Jahre jüngere Ehefrau hatte nach seinem Ableben die „nutzlose Schufterei" auf dem Bauernhof sofort eingestellt.

„Der war no net ganz kolt, da hat sie olls hergem. Ferienwohnungen mussten's sein! Geld, viel Geld musste man verdienen! Aber mir zwoa, der Sepp und i, hom unser Land net hergem! Unser

Drum kriagn die net! Für koa Geld der Welt. Mir hocka des aus bis zum letzten Schnaufer!"

Mitfühlend betrachtete ich die beiden Gestalten, die - aufgrund ihrer verkaufsunwilligen Haltung sicherlich ein tiefer Stachel im Fleisch der Gemeinde - wie lebende Mahnmale auf der alten Holzbank vor ihrem verrottenden Häuschen saßen und mit ihrem Schicksal haderten. Durch das angeregte Gespräch hatten sie allerdings eine deutlich aufrechtere Haltung angenommen.

„Ich wünsche euch alles, alles Gute und weiterhin viel Kraft. Recht habt's!", rief ich aus vollem Herzen aus. Nochmals blickte ich wehmütig in die Runde, um anschließend zügigen Schrittes auf das Auto zuzugehen, in dessen Fond meine beiden Männer wissbegierig auf mich warteten.

Nach dem Ausflug in meine amouröse Vergangenheit verbrachten wir die Tage damit, uns vor Ort gründlich umzusehen. Das marode „Gewinner"-Hotel lag in einem idyllischen Waldstück am höchsten Punkt des Ortes. Die Aussicht von unserem Balkon aus war traumhaft schön, tröstete uns aber dennoch nicht über immer wieder auftretende Unannehmlichkeiten bezüglich des Zustandes unseres Appartements hinweg.

Zu unserer Verwunderung verfügte das Hotel aber über ein großes Schwimmbad, welches sich im Untergeschoss befand und uns aufgrund seines unerwartet guten Zustandes in Erstaunen versetzte. Weil die Nutzung zu meiner Verwunderung zudem für Hausgäste kostenlos war, verbrachten wir einen Großteil unserer Zeit in der luxuriös ausgestatteten Halle.

„Dazu fällt mir ein Satz ein, den meine Oma schon immer gebrauchte, wenn es passend war: Oben hui, und unten pfui! Nur ist es in diesem Hause genau umgekehrt ...", bemerkte ich, bevor ich mich ins lauwarme Wasser begab.

Während die Zusammensetzung des Abendmenüs - von einigen kleinen Veränderungen abgesehen - sich öfter wiederholte, die Speisen auch qualitativ schlechter wurden, beglückte man uns nach dem Essen mit Gesellschaftsspielen, Dia-Vorträgen und Tanzveranstaltungen. In der Mitte der „geschenkten" Woche jedoch gestaltete sich der Dia-Abend etwas anders. Man zeigte uns bildlich Häuser und Wohnungen, die sich teilweise in Spanien, auf Mallorca und anderen südlichen Inseln, und teilweise in Deutschland und Österreich befanden.

„Meine Damen und Herren; ich darf Sie zunächst im Namen meiner Auftraggeber recht herzlich begrüßen", rief ein Herr mittleren Alters, der sich uns als Makler einer bekannten Immobilienfirma vorstellte und umgehend ein beunruhigtes Stimmengewirr auslöste. „Um Sie nicht zu lange auf die Folter zu spannen, falle ich am besten sofort mit der Tür ins Haus. (‚Genau das wäre uns bei der Ankunft hier im Hause fast passiert', dachte ich sarkastisch). Halten Sie sich gut fest, meine Damen und Herren: Das, was Sie soeben auf der Leinwand gesehen haben, waren Ihre Gewinne!"

Fassungslos, mit Unverständnis in den Augen blickten sich die versammelten Menschen an; das allgemeine Raunen wurde lauter.

„Worauf will der denn hinaus?!", flüsterte Alex mir nichtsahnend zu.

„Das weiß ich doch auch nicht", musste ich zugeben. „Ich habe keinen blassen Schimmer, was der meint. Aber wir werden es sicherlich gleich erfahren."

„Meine Damen und Herren: Bei den soeben gezeigten Objekten handelt es sich um Ferienwohnungen, die durch meine Auftraggeber erbaut wurden, die von Ihnen käuflich erworben werden können, und zwar zu einem Spottpreis, sozusagen fast geschenkt. Morgen werden wir in dem kleinen Anbau am Hotel, den Sie gewiss alle schon gesehen haben, den ganzen Tag über für Sie da sein, um Ihnen Genaueres zu erklären. Bitte tragen Sie sich namentlich in die vorgefertigten Interessentenlisten ein. Die Uhrzeiten haben wir bereits vorgegeben; Sie werden sich sicher einigen können. Und denken Sie daran: Wer zuerst kommt, mahlt zuerst! Vielen Dank für Ihre Aufmerksamkeit, und einen schönen Abend noch."

Wiederum wurde ich von Alex mit verständnislosem Blick angesehen. Im allgemeinen Geraune musste er seine Stimme etwas erheben, als er erklärte: „Komm, da tragen wir uns mal ein. Ich will jetzt genau wissen, um was es sich da handelt."

Alle von mir vorgebrachten Einwände verpufften ungehört in der Luft. Alex war nicht davon abzubringen, an der mir etwas zwielichtig erscheinenden Veranstaltung am nächsten Tag teilnehmen zu wollen.

Auf seine trotzig ausgerufene Erklärung „Dann gehe ich eben allein da hin" erklärte ich mich letztendlich bereit, ihn zu begleiten, um ein eventuell eintretendes neues Unglück im Keim ersticken zu können.

Zögerlich betraten wir am nächsten Tag in dem erwähnten kleinen Anbau einen großen, modern eingerichteten Büroraum. In der linken Ecke neben der Eingangstür stand ein Stuhl, auf dem sich jemand hinter einer weit ausgebreiteten Zeitung verschanzt hatte und so tat, als habe er unseren Gruß nicht gehört. Er wechselte lediglich die Position seiner von rechts nach links übereinander geschlagenen Beine in links nach rechts. Irritiert wandte ich mich nach einer Sekunde der Betrachtung wieder von ihm ab.

Inmitten des Raumes befand sich ein monströser Schreibtisch, beladen mit Aktenordnern, architektonischen Zeichnungen und diversen Schriftstücken. Hinter dem Schreibtisch war ein „Anzug-Fred" in einen voluminösen Chefsessel förmlich eingesunken. Bei näherem Hinsehen erkannte ich in ihm den Makler vom Vorabend, der uns im nächsten Augenblick unter strahlendem Lächeln beide Hände entgegenstreckte.

„Aaahh, nur immer herein, meine Herrschaften!"

Behände erhob er sich, um uns mit einer angedeuteten artigen Verbeugung per Handschlag zu begrüßen.

„Bitte nehmen Sie Platz", bat er, wartete, bis wir uns auf zwei Besucherstühlen niedergelassen hatten, um anschließend wieder in seinem Sessel zu versinken.

Kaum in sitzender Position angelangt, konnte Alex sich nicht mehr beherrschen und fragte umgehend: „Worum handelt es sich denn nun genau?"

„Um Timesharing, lieber Herr .... ähem (es folgte ein kurzer Blick auf die Namensliste), lieber Herr Meineke. Es handelt sich um Timesharing. Haben sie davon schon mal etwas gehört?"

Mein Gefährte musste verneinen; ich musste es ihm leider gleich tun.

„Dann erkläre ich Ihnen das jetzt mal", bemerkte der Makler, etwas mitleidig klingend. „Also, meine Auftraggeber schenken Ihnen die Möglichkeit, bei ihnen, gemeinsam mit einem zweiten Käufer, zu einem Spottpreis eine Ferienwohnung beliebiger Größe zu erwerben - es stehen unterschiedlich große zur Auswahl -, die Sie sich dann sozusagen *teilen* können. Verstehen Sie? Sie stimmen sich mit dem Miterwerber über Ihre Urlaubszeiten ab, in denen Sie ihre Wohnung nutzen können."

Fassungslos blickten Alex und ich erst uns und dann unser Gegenüber an.

„Bitte?! Sie wollen uns allen Ernstes eine Eigentumswohnung andrehen, die uns dann nur halb gehört?! Habe ich das richtig verstanden?!", entfuhr es Alex Minuten später in drohendem Ton. „Ich soll mir meine Wohnung mit irgendeinem fremden Menschen, von dem ich nichts weiß, teilen und sie womöglich verwüsten lassen?! Ich soll meinen Urlaub von der Zeit mir fremder Leute abhängig machen?! Ich habe nur einmal im Jahr Urlaub, werter Herr, und ich gedenke nicht, mir den durch ein wahrscheinlich niemals funktionierendes Timing vermiesen zu lassen!"

Der Makler schüttelte lächelnd den Kopf.

„Aber, aber. *Andrehen* ... welch unschönes Wort, lieber Herr Meineke. Es handelt sich hier um einen seltenen Glücksfall, glauben Sie mir, um ein regelrechtes *Geschenk*. Von *andrehen* kann da keine Rede sein. Bedenken Sie doch mal die Möglichkeiten, die Ihnen durch den Besitz einer solchen Immobilie eröffnet würden. Sie könnten sie - mit Einverständnis des Mitbesitzers, der natürlich die gleichen Rechte hat - noch an andere Personen weitervermieten. Auf die Art und Weise kann sie das ganze Jahr über genutzt werden und hat keinen Tag lang Leerstand."

Rigoros wurde er abermals von meinem Gefährten unterbrochen.

„Wie bitte?! Ein Tummelplatz für wildfremde Individuen soll unser Eigentum auch noch werden?! Das fehlte gerade noch!", rief Alex so wütend aus, als gehöre ihm eine der Wohnungen bereits.

„Überlegen Sie doch mal, Herr Meineke. Auf diese Weise bezahlt sich die Wohnung doch sozusagen von selbst", erklärte der Makler. „Die Kosten für notwendig gewordene Renovierungen und Reparaturen würden Sie sich doch auch teilen; die blieben ja nicht an Ihnen allein hängen. Also, meiner Meinung nach sind solche Möglichkeiten als Gewinne zu betrachten, die man nur einmal im Leben erzielt."

„Ihre Meinung interessiert mich nicht!", schnauzte Alex unser Gegenüber an. „Aber ich werde Ihnen sofort die meine sagen ..."

Bevor Alex weitere gefährliche Gedankengänge stimmlich vom Stapel lassen konnte, versetzte ich ihm mit dem Knie einen unauffälligen Stoß, der ihn sofort verstummen ließ. Das aufgesetzte geschäftsmäßige Lächeln des Maklers vertiefte sich und wirkte beinahe väterlich.

„Lieber Herr Meineke, bitte denken Sie nochmals über das Angebot nach; aber nur nicht zu lange. Solche Gewinne werden schneller vergriffen sein, als Sie es für möglich halten."

Noch bevor er seinen letzten Satz komplett ausgesprochen hatte, schob er langsam einen bereits fix und fertig vorbereiteten Vertrag über die blank polierte Tischplatte.

Ich traute meinen Augen und Ohren nicht.

„Jetzt geht mir ein Licht auf! Jetzt weiß ich endlich wirklich, wie der Hase läuft! *Das* soll also unser Gewinn sein?! Sie wollen uns wohl auf den Arm nehmen?!", rief nun *ich* erbost aus.

„Nein, keineswegs", erwiderte der Makler seelenruhig. „Glauben Sie mir; ein solches Angebot, ein solches *Geschenk*, werden Sie in ihrem ganzen Leben wahrscheinlich nie mehr wieder bekommen."

„Das will ich auch hoffen", schnauzte ich ihn aufgebracht an. „Wissen Sie, was Sie können?! Sie können sich das großzügige Geschenk sonst wo hin stecken!"

„Hallo?! Nun bleiben Sie aber mal auf dem Teppich, ja? Keine Beleidigungen bitte!", meldete sich eine Stimme aus dem Hintergrund.

„Ach, sieh mal an! Die Zeitung hat ja plötzlich ein Gesicht! Und sogar eine Stimme", rief ich sarkastisch aus.

Meine Wut befand sich inzwischen auf gleicher Höhe mit dem höchsten Gipfel des Himalayas.

„Mischen Sie sich bloß nicht ein, Sie ... Statist auf dem billigen Platz! Bisher haben Sie ja auch stumm in Ihrer Ecke gesessen. An Ihrer Stelle würde ich die Zeitung wenigstens richtig herum halten! Sollten Sie als möglicher Zeuge für irgendwelche Übergriffe hier anwesend sein, wovon ich mal ausgehe, so werden Sie hier arbeitslos bleiben. Wir werden weder jemanden tätlich angreifen noch wirklich beleidigen. Wir haben uns lediglich die Freiheit herausgenommen, dem ...

Herrn hier unsere Meinung über sein großzügiges Angebot zu sagen."

Als Alex immer noch stumm blieb, fauchte ich ihn an. „Jetzt darfst du auch mal was dazu sagen! *Du* bist schließlich der glückliche Gewinner!"

„Ääähh, ja ... meine Lebensgefährtin hat recht! Ich schließe mich ihren Äußerungen voll und ganz an. Auf diese Art „Gewinn" möchten wir lieber verzichten. Und das nicht einmal dankend!"

Der Makler zog bedauernd die Schultern hoch, ließ sie wieder sinken und sagte: „Schade. Sehr bedauerlich. Manche Leute wissen nicht, was ihnen entgeht. Aber man kann leider niemanden zu seinem Glück zwingen."

Ärgerlich erhob ich mich und zupfte Alex am Ärmel, dass er es mir gleichtun solle.

„Sie gestatten, dass wir uns jetzt verabschieden, werter Herr Makler, ja? Wie war noch gleich der Name ihrer Auftraggeber? Wir werden Sie mitsamt Ihren Geschenken und Gewinnen wärmstens weiterempfehlen, darauf können Sie sich verlassen."

Hoch erhobenen Hauptes verließ ich, gefolgt von meinem erblassten Gefährten, das Büro, ohne die beiden sprachlos gewordenen Herren noch eines Blickes zu würdigen.

„Sag jetzt bloß nichts", warnte ich meinen Freund, als wir uns einige Meter von dem Hotelanbau entfernt hatten. „Sonst erlebst *du* das Gewitter, das ich mir da drin noch soeben verkniffen habe. Und morgen verschwinden wir hier.

Keinen Tag länger bleibe ich mehr unter dem maroden Dach dieser ... Gangster. Wenn du allerdings noch dableiben möchtest, um eventuell doch noch den „Gewinn" abzusahnen, dann bitte! Wir kommen schon irgendwie von hier weg!"

„Um Himmelswillen, nein!", rief Alex reumütig aus. „Du hast ja Recht. Ich habe uns da in einen ganz schönen Schlamassel hineinbefördert."
„Allerdings", erwiderte ich. „Und verschwende bloß keinen Gedanken daran, dagegen angehen zu wollen. Das würde alles nur noch schlimmer machen, weil du nicht mehr weißt, was du seinerzeit unterschrieben hast. Die können dir da eine Karte unterjubeln, in der alles Mögliche mit JA angekreuzt ist, auch das Einverständnis mit dem Kauf einer Gewinner-Wohnung! Aus Schaden wird man klug. Nur wer aus begangenen Fehlern keine Lehren zieht, ist und bleibt ein armer Tropf. Merk dir das für die Zukunft."

Während der Rückreise ließen wir unsere nach Ansicht meines Sohnes filmreifen Erlebnisse im Gewinner-Hotel noch einmal Revue passieren.

„Ich musste, als wir in dem Büro bei diesem Gauner saßen, sofort an den armen Sepp denken", gab ich etwas wehmütig zu. „Es ist gut möglich, dass einige dieser Bauten, die da heute rund um sein Haus und seinen Grund auf den ehemaligen Äckern stehen, auch dieser Immobilienkette gehören. Also, ich könnte mich da niemals wohlfühlen, wenn ich immer die zwei armen Menschen mit ihrem alten Häuschen vor Augen hätte."

Als wir uns nach vielen Fahrtstunden unserer Heimatstadt näherten, konnten wir über die Erlebnisse im Gewinner-Hotel bereits herzhaft lachen.

Alex allerdings hatte noch über längere Zeit an der Odyssee zu „schlucken", und zwar im wahrsten Sinne des Wortes, denn drei Monate lang wurde regelmäßig jeweils eine Kiste Wein an seine Adresse geliefert.

Eines aber hatte er wirklich „gewonnen": Die Einsicht darüber, dass man von Preisausschreiben beinhaltenden Werbesendungen besser die Finger lassen sollte.

„(Alb)Traumschiff ahoi"

„Schatz, ein Kollege hat mir ein wunderbares Ziel für einen Kurzurlaub empfohlen", rief Alex mir eines Tages kurz vor Pfingsten zwischen Tür und Angel zu. Seine Worte klangen so euphorisch, dass sie mich sofort misstrauisch aufhorchen ließen. Meistens, wenn Alex eine solche Begeisterung an den Tag legte, hatte das, was er mir berichten wollte - welcher Natur es auch immer war -, einen gewaltigen Haken.

„Soso; was für eins denn?", murmelte ich undeutlich, denn ich beschäftigte mich gerade mit dem Aufhängen eines Wäschestücks und hatte derenthalben eine Wäscheklammer zwischen den Zähnen.

Strahlend stand mein Gefährte in der nächsten Minute im Türrahmen unseres Bades. Er trat zu mir, drückte mir einen kindlichen Begrüßungskuss auf die linke Wange und erklärte mir anschließend in schwärmerischem Ton: „Also, er hat erzählt, dass er mal an einem Binnensee in Holland einen Urlaub auf einem stillgelegten Luxusliner verbrachte; einem Dampfer mit allem Pipapo! Unterkunft und Verpflegung nur vom Feinsten!"

‚Oha, das hört sich schon teuer an ...'dachte ich betroffen. ‚Aber lass ihn mal ausreden.'

Auf Schritt und Tritt verfolgte mein Gefährte mich in der Wohnung, redete so viel und überzeugend, dass ich mich letztendlich - um wieder Ruhe zu bekommen - bereit erklärte, ein verlängertes Pfingstwochenende mit ihm auf dem ausrangierten „Traumschiff" zu verbringen.

Genauso euphorisch, wie er erzählt hatte, packte er, als es soweit war, seine Siebensachen für das besondere Pfingstereignis.

Während ich mit größter Vorsicht mein „kleines Schwarzes" in eine Extratasche drapierte, fragte ich Alex zaghaft: „Hast du auch dein Dinnerjacket eingepackt?"

„Jou; alles klar, alles dabei! Es kann nichts mehr passieren!", jubelte mein Gefährte mir zu. Wie ein Kind freute er sich auf den Pfingstausflug und verlieh seinen eleganten schwarzen Ausgehschuhen einen besonderen Glanz.

Die mehrstündige Fahrt zum Veluwe Meer, wo das Traumschiff an einem besonderen Kai vor Anker liegen sollte, führte uns größtenteils durchs platte Land. Der Gedanke an meinen Bruder, der einmal sagte: „Hier sieht man schon am Freitag, wer am Sonntag zum Kaffee kommt" ließ mich amüsiert lächeln. Mehr oder weniger umständlich mussten wir uns unterwegs durchfragen, bis wir den bezeichneten Liegeplatz des Schiffes fanden.

„Ne. Da trau ich mich nicht rein!", rief ich aus, überwältigt von dem gigantischen Anblick des Luxusschiffes, welches uns in Festbeleuchtung anstrahlte. Auch die am Kai abgestellten, ebenso luxuriösen Karossen, zwischen denen wir mit Alex' popelig wirkendem Nissan Primera eingeparkt hatten, ermunterten mich nicht dazu, das Abenteuer anzutreten.

„Da kannst du allein hinein gehen. Ich campiere lieber hier im Auto", schickte ich meiner ersten Bemerkung noch hinterher.

„Ach Schatz, jetzt stell dich nicht so zaghaft an", rügte mein Gefährte mich. „Auch wenn es da drinnen von Bonzen nur so wimmelt, reißt dir sicher niemand den Kopf ab! Jeder Mensch kann überall Urlaub machen, wo er es sich leisten kann. Wir gehen da jetzt rein, mag kommen, was da wolle. Außerdem habe ich Hunger. Wenn ich jetzt nicht bald was zwischen die Zähne kriege, falle ich auf der Stelle um!"

Dieser Drohung konnte ich mich nicht widersetzen. Wenn Alex über längere Zeit Hunger leiden musste, wurde er ungenießbar.

„Es ist inzwischen einundzwanzig Uhr! Wir haben seit heute Mittag nichts mehr gegessen", maulte er weiter.

„Ja, ja, ist ja schon gut", gab ich letztendlich nach. „Aber unsere Sachen lassen wir zunächst mal im Auto!"

Zögernden Schrittes lief ich hinter Alex die Gangway hinauf zum Eingang des Liners. Vor meinem geistigen Auge sah ich bereits Damen in kostbarer Abendrobe mit den dazu passenden Herren an festlich und teuer gedeckten Tischen sitzen und schlemmen. Dem äußeren Eindruck des Schiffes nach erwartete ich ein Kapitäns-Dinner à la Fernseh-Traumschiff mit allem Drum und Dran.

Als wir den Saal betraten, blieben wir betroffen wie angewurzelt stehen. Unseren Augen bot sich der Anblick einer minderbemittelten Gaststätte mit kahlen Tischen und dazu passender, instabil wirkender Bestuhlung. Neben dem Eingang befand sich ein langgezogener Schanktisch, auf dem eine stattliche Anzahl benutzter Gläser darauf wartete, gespült zu werden. Ein missmutiger, sehr leger gekleideter Schankwirt fragte in holländischer Sprache undeutlich (in seinem linken Mundwinkel steckte ein Zigarettenstummel, den er nicht zu entfernen gedachte) nach unserem Begehren.

Nachdem er die Frage mehrmals wiederholen musste und derenthalben noch missmutiger wurde, fasste mein Gefährte sich insoweit, dass er „unser Begehren" mit eingeschüchtert wirkender Stimme vorbringen konnte. Unterdessen musterte ich intensiver unsere Umgebung, die keinesfalls die Wirkung besaß, in mir einen Freudentaumel auszulösen. Das einzig Sehenswerte waren in diesem Saal die in den zahlreichen Fenstern befindlichen Lampen, die nach außen hin das Gemütlichkeit und Luxus vorgaukelnde Licht spendeten. Im

Raum selbst herrschte schummeriges Zwielicht. Ebenso zwielichtig wirkten die Gestalten, die an einigen Tischen saßen und uns gleichermaßen neugierig wie belustigt grinsend von oben bis unten betrachteten.

‚Da ist ja die alte, heruntergekommene Kaschemme bei uns um die Ecke noch gemütlicher' dachte ich schockiert. Eine unangenehme Gänsehaut überzog langsam meinen Rücken.

„Ja! Wir haben für drei Tage gebucht!", hörte ich Alex aufgebracht rufen. Anscheinend machten ihm arge Verständigungsschwierigkeiten zu schaffen.

Ohne die uns beobachtenden Gestalten aus den Augen zu lassen, schlich ich mich Minuten später seitwärts an meinen Gefährten heran, zupfte an seiner Jacke und raunte ihm zu: „Komm; lass uns schnell wieder verschwinden. Hier will ich nicht bleiben! Los; wir hauen ab, und zwar schnellstens!"

Mir großen Augen sah mein Liebster mich verwundert an und raunte: „Das geht nicht. Ich habe gerade eingecheckt ... und habe schon bezahlt!"

„Du hast ...", stammelte ich fassungslos. ‚Das passt' dachte ich sarkastisch. ‚Das passt zu dem Eindruck, den ich mir von diesem Luxusschiff verschafft habe, dass man im Voraus bezahlen muss. Wahrscheinlich kommt man ohne zu bezahlen gar nicht mehr aus dem Saal raus!'

In meiner Phantasie sah ich bereits, wie die beiden großen Eingangsflügeltüren, Gefängnistoren ähnlich, mit lautem Karacho eigenständig ins Schloss krachten.

„Ja. Man muss hier im Voraus bezahlen."

Mit diesen geflüsterten Worten bestätigte Alex zaghaft meine Vermutung.

„Aber warum warst du denn so eilig damit", wisperte ich zurück. „Wir haben ja nicht mal unsere Kabine gesehen! *Wie viel* musstest du denn bezahlen?!"

„Siebenhundert Mark", erklärte Alex kleinlaut.

„Siebenhunnn ...", wiederholte ich mit schriller Stimme, einer Ohnmacht nahe. „*Siebenhundert Mark* für dreimal schlafen und sicherlich kümmerlichem Frühstück?!"

Während ich mich darum bemühte, auf meinen zitternden Beinen stehen zu bleiben, versuchte Alex, mir den Mund mit der Aussage wässerig zu machen, dass man ja gar nicht wisse, wie die Passagierunterkünfte aussähen. Das sei sicherlich die positive Überraschung bei der Sache; ganz sicher würde man unter Deck eine dem horrenden Preis angemessene fürstliche Suite vorfinden!

Ich zog es vor, mich in Schweigen zu hüllen, weil ich wusste, dass nichts und niemand mehr meinen Gefährten von dem Vorhaben abzubringen vermochte, auf dem Schiff drei Tage lang auszuharren.

Mit unserem Wochenendgepäck versehen, kletterten wir Minuten später eine halsbrecherische metallene Wendeltreppe hinunter ins unterste Deck.

‚Na bravo' dachte ich ironisch. ‚Eine solche billige Stiege führt sicherlich nicht in eine fürstliche Suite. Mir schwant nichts Gutes.'

Alex schloss eine aus minderwertigem Holz gefertigte Tür auf, um einen Raum zu betreten, aus dem umgehend ein muffiger Geruch auf direktem Weg in meine Nase strömte. Vorsichtshalber hielt ich mich noch zurück und betrachtete nachdenklich einen undefinierbaren, leise surrenden, überdimensionalen Metallkasten, der neben unserer Eingangstür stand, ohne mir erklären zu können, welchen Nutzen er wohl haben könnte.

Als Alex minutenlang keinen Laut von sich gab, eilte ich ihm alarmiert nach, um atem- und fassungslos neben ihm stehen zu bleiben.

Meine schlimmsten Befürchtungen noch übertreffend, lag ein Raum vor mir, dessen Anblick mich bewegungslos verharren ließ.

„Das kann doch nicht wahr sein. Das kann ich nicht glauben", stammelte ich mit trockenem Mund und schwerer Zunge.

Vor mir lag ein finsterer Raum, der selbst durch das Einschalten einer primitiven Deckenlampe kaum heller wurde. Ausgelegt war der Raum mit reichlich ausgetretener, wischbarer Teppichware. Unmittelbar neben der Eingangstür stand links eine eineinhalb Meter breite, dunkle Holzkiste, die sich bei näherem Hinsehen als Bett entpuppte. An den Außenseiten der Kiste waren, wie an einem Sarg, jeweils zwei metallene Tragegriffe angebracht.

Ließ mich der Anblick des skurrilen Nachtlagers schon unangenehm erschauern, so erweckte der zweitürige Kleiderschrank, der am Fußende des Bettes längs an der Wand seinen Platz hatte, Panik in mir. Der Schrank war dunkel, instabil und ausnehmend hässlich. Noch dazu entwich aus dem breiten Spalt zwischen den Türen ein atemberaubender Modergeruch. Im oberen Türbereich befand sich jeweils ein Bullauge, von dem man sich, wenn man direkt davor stand, drohend angeglotzt fühlte!

Gegenüber der Eingangstür ließ ein Bullauge gleichen Formats einen Blick auf die mit dicken Grünspanschichten bewachsene Kaimauer zu. Durch das Bullauge, das man zur Belüftung der primitiven Kammer geöffnet hatte, drang neben dem muffigen Geruch seichtes Wellengeplätscher in den Raum.

„Das kann nicht sein ...", stammelte ich wiederum fassungslos, während mein Gefährte seine Stimme immer noch nicht wiedergefunden hatte. „Das ist kein Traumschiff, sondern ein *Albtraum*."

Immer noch stumm, steuerte Alex auf eine kleine Tür zu, die sich an der rechten Wand neben einem kleinen, ältlichen Waschbecken befand. Einmal tief durchatmend, öffnete er mit entschlossenem Ruck und geschlossenen Augen die Tür. Sekundenlang, noch immer sprachlos, starrte er anschließend in einen Raum, der sich meinem Blickfeld momentan noch entzog, um im nächsten Moment einem heftigen Lachanfall zu erliegen.

„Das ... hahaha ... das *musst* du dir ansehen, Schatz", prustete er zwischendurch. „Das ist ... sehenswert ... das ist ... unglaublich!"

Was ich in den nächsten Sekunden zu sehen bekam, werde ich niemals in meinem Leben vergessen können. Fassungslos, mit weit geöffnetem Mund starrte ich einen kleinen Raum, der das angepriesene „Bad mit Dusche" darzustellen versuchte.

Rechts neben der Eingangstür stand ein vorsintflutlicher Toilettentopf ohne Deckel; die Spülung hatte man mit einer Kette zu bedienen, die von einem hoch an der Stirnwand hängenden, angerosteten Spülkasten herab hing.

Gegenüber dem wenig einladenden Klotopf - in circa einem Meter Entfernung - war ein mit einem Gitter abgedecktes Loch im Fußboden, der ebenfalls mit wischbarer Teppichware ausgelegt war, zu erkennen. Unter der Decke hatte man eine Handbrause angebracht, die in Betrieb genommen zur Berieselung des gesamten Raumes dienen würde, denn eine Schutzwand (oder zumindest ein Duschvorhang) fehlten gänzlich. Mutterseelenallein wartete in einer Ecke des Duschbereichs ein hölzerner Schrubber, den man fürsorglich für den Zweck hinterlassen hatte, das sich während des Reinigungsvorgangs ansammelnde Wasser in das Loch im Boden zu befördern.

Auch ich entschloss mich dazu, anstelle eines Weinkrampfes einen Lachanfall zu bekommen.

‚Mitgefangen - mitgehangen' dachte ich und machte mich daran, meine Garderobe auszupacken.

„Jetzt brauche ich aber endlich was zu essen, sonst sterbe ich gleich", erklärte Alex anschließend. „Und wenn wir in den Speisesaal gehen, schocken wir die da oben jetzt auch mal!"

Als wir - Alex bekleidet mit schwarzer Hose, Dinnerjacket nebst spiegelblank polierten Schuhen, und meine Wenigkeit im „kleinen Schwarzen" - den Aufenthaltssaal wieder betraten, wurden wir angestarrt, als seien wir Lebewesen von einem anderen Stern. Bestärkt durch eine gewisse Genugtuung, ließen wir uns an einem der ungedeckten Tische nieder, um endlich ein verspätetes Abendessen zu bestellen.

„Bedaure, aber die Küche ist seit zwei Stunden geschlossen", erklärte uns der legere Kellner schulterzuckend in gebrochenem Deutsch.

Der Moment war gekommen, in dem wir uns abermals fassungslos anblickten.

„Anbieten könnten wir Ihnen aber Erdnüsschen und Knabbergebäck", ertönte im nächsten Moment die bekannte Stimme mitleidig.

Wie eine Sprungfeder schnellte Alex vom Stuhl hoch, während seine Gesichtshaut von einem tiefen Rot der Wut überzogen wurde.

„Das können Sie sich an den Hut stecken ... oder selbst knabbern. Oder Sie können damit Ihre Nüsschen garnieren!!", brüllte er aufgebracht, erfasste meine Hand, zog auch mich vom Stuhl hoch und aus dem Saal hinaus.

Die anschließende Irrfahrt durch die unbekannte flache Landschaft und die inzwischen eingetretene Dunkelheit auf der Suche nach einem Gasthaus, oder zumindest einer Imbissstube blieb erfolglos. Resigniert, mit laut knurrenden Mägen kehrten wir reumütig auf den Luxusdampfer zurück, um uns dort sehr kleinlaut Erdnüsse und Knabbergebäck servieren zu lassen.

„Was ist das?!", rief ich zu mitternächtlicher Stunde, als ich von lautem Motorengeräusch und heftigem Vibrieren des Schiffsrumpfes aus dem Schlaf gerissen wurde. Augenblicklich hellwach, schüttelte ich meinen Bettgenossen so energisch, dass die sargähnliche Bettstatt unter uns erzitterte. Alex schlief wie ein Murmeltier, während das Geräusch und Vibrieren in Intervallen stärker und schwächer wurden.

„Schahatz, werd endlich wach!", brüllte ich meinen Gefährten an. „Wir legen ab!"

Meine letzten Worte hingen noch im Raum, als ich aufsprang und zum geöffneten Bullauge stürzte, um nachzusehen, ob sich die grünspanbewucherte Kaimauer inzwischen von uns entfernt hatte.

„Du spinnst ja ...", lallte Alex schlaftrunken und wälzte sich auf die andere Seite. „Das Schiff *kann* gar nicht mehr ablegen; es hat keine Motoren mehr ... Es hat keine Mo ..."

Kerzengerade stand mein Gefährte plötzlich auf dem Bett.

„Was zum Kuckuck ist denn das für ein Geräusch?!"

Verunsichert klammerten wir uns aneinander fest, bevor wir versuchten, dem Verursacher des Geräusches und der Vibrationen auf die Schliche zu kommen. Todesmutig bildete Alex die Vorhut, öffnete leise die Tür zum spärlich beleuchteten Gang und spähte vorsichtig um die Ecke.

„Ha! Ich hab's!", rief er danach triumphierend aus.

Der undefinierbare Metallkasten neben unserer Tür entpuppte sich als Aggregat, das für die Stromversorgung des gesamten Schiffes verantwortlich zeichnete und genau um Mitternacht mit seiner ruhestörenden Tätigkeit, sämtliche Akkus wieder aufzuladen, begann.

Resigniert schlug ich die Hände vors Gesicht.

„Auch das noch! Ausgerechnet neben UNSERER Kabine ...", stöhnte ich, schlich in die Kammer zurück und zog mir die Bettdecke über die strapazierten Ohren.

Auf dem Rand des wenig einladenden Klotopfes sitzend, erledigte ich am nächsten Morgen im Evaskostüm meine tägliche körperliche Entschlackung, während Alex singend unter der Brause stand und den kompletten Raum einnässte. Trällernd warf er mir die Seife zu, damit ich mich zeitgleich mit der „anderen" Tätigkeit einschäumen konnte.

Nachdem wir die Positionen getauscht und anschließend die Wassermassen in das Loch im Fußboden geschrubbt hatten, richteten wir uns voller Spannung für das Frühstück her.

Zu unserem Erstaunen fand die erste Mahlzeit des Tages in einem dem ungemütlichen Saal gegenüber liegenden Raum statt. Einem Raum, den man - verglichen mit dem Rest der uns bekannten Räumlichkeiten des Schiffes - tatsächlich als luxuriös eingerichtet und ausgestattet bezeichnen konnte. Das Frühstück entpuppte sich als fürstlich, der livrierte Kellner als freundlich und distinguiert.

„Iss dich richtig satt", raunte Alex mir im Befehlston zu. „Und wenn du danach platzt. Schließlich haben wir das Frühstück teuer genug bezahlt!"

Wir saßen die drei teuer bezahlten Tage rigoros ab; da kannten wir nichts!

Die Toilettendusche wurde zweimal täglich benutzt, das diffuse Licht in der Kabine brannte bis zum Gehtnichtmehr, und beim Frühstück vertilgten wir solche Mengen, dass wir uns kaum noch von den Stühlen erheben konnten.

„Da hat dein Kollege dich aber schön auf die Schüppe genommen mit dem Tipp", gab ich Alex zu verstehen, als wir uns auf dem Heimweg nach Deutschland befanden. „Was hast du dem eigentlich angetan, dass der sich so fürchterlich gerächt hat?"

„Dem werde ich was erzählen", knurrte Alex sich in den nicht vorhandenen Bart. „Dem werde ich die Leviten lesen, und zwar mit allem Pipapo!"

„Muttertag"

In jedem Jahr - jeweils am zweiten Sonntag im Mai - ist Muttertag, wie wohl jedermann weiß. Von einem meiner Neffen wird er seit jeher respektlos „Kugelkopf-Tag" genannt. Ob dieser eigenwilligen Namensgebung von meiner Schwägerin angesprochen, erklärte er:

„Ja, das ist doch so! Die haben alle durch die Bank identische Frisuren, sehen irgendwie alle gleich aus mit ihren dauergewellten, in Rundform gebrachten Haaren. Nur die Farben unterscheiden sich manchmal. Also, ich habe den Eindruck, dass an diesem Tag *alle* Mütter und Omis von ihren Kindern und Enkeln spazieren gefahren werden. Schau dich doch mal um an dem Tag; die Straßen sind noch verstopfter als sonst. Und wenn du in die Autos guckst, wirst du feststellen, dass in fast jedem hinten mindestens eine Mutti sitzt, wenn nicht gar zwei; nämlich jeweils Mutter und Schwiegermutter oder Mutter und Oma!"

So ganz Unrecht hat er gar nicht, mein lieber Neffe. Manche Kinder (hauptsächlich die älteren, irgendwo in Lohn und Brot stehend) erinnern sich häufig nur am zweiten Sonntag im Mai daran, dass sie eine Mutter haben, die es dann an diesem Tag heftig zu verwöhnen gilt!

Ob sie es wollen oder nicht, die jeweiligen Mütter werden in den Fond des Wagens verladen, durch die Landschaft kutschiert und als Krönung des Festtages in irgendein hoffnungslos überfülltes Café (an diesem Tag sind *alle* hoffnungslos überfüllt) geleitet, um dort mit Kaffee und Kuchen vollgestopft zu werden, bis sie nicht mehr Papp sagen können!

Eine andere Kategorie Mutter erfährt an diesem Sonntag eine Heimsuchung (und das im wahrsten Sinne des Wortes) entgegengesetzter Art. Sie wird von ihren Nachkömmlingen regelrecht „überfallen"; Kinder und Enkel rücken ihr sozusagen auf die Bude, überhäufen sie mit Blumensträußen (an denen sie - würden sie über das ganze Jahr verteilt - sicherlich mehr Freude hätte), plündern ihre vielleicht mühsam zusammengetragenen Vorräte, um sie hinterher in heillosem Chaos mutterseelenallein einem Berg von schmutzigem Geschirr und ihrem weiteren Schicksal zu überlassen. Und dieses Schicksal trifft die „Kugelkopf"-Muttis und -Omis gleichermaßen wie ihre jüngeren Ausgaben.

Man hört hier und da Geschichten über „Kinder", welche - bereits erwachsen und selbst Eltern - der lieben Mutter einen Besuch abstatten, weil sie genauestens wissen, dass sie von ihr bestens bewirtet werden und demzufolge daheim keinen Finger krumm machen müssen. Nicht selten sparen diese Nachkommen auch das Geschenk für die Mutter ein, weil sie sich selbst als solches betrachten, da sie nur einmal im Jahr bei ihr erscheinen.

Dabei ist es denkbar einfach, einer Mutter eine Freude zu bereiten. Eine Mutter ist (mit vielleicht wenigen Ausnahmen) selbstlos, uneigennützig und bescheiden, demzufolge also recht leicht glücklich zu machen. Geht es den Kindern gut, fühlt sich auch die Mutter wohl. Es genügt vollauf, wenn man öfter an sie denkt, nicht nur an dem gesetzlich und kalendarisch verankerten Muttertag. Man könnte sie häufiger anrufen, hier und da auch mal ein offenes Ohr für *ihre* Sorgen haben (mögen sie einem auch noch so unwichtig vorkommen), anstatt sie ausschließlich mit den eigenen zuzuschütten.

Ferner täte man gut daran, nicht genervt und gehetzt zu wirken, wenn man sie zum Arzt begleiten oder Einkäufe für sie erledigen muss, weil sie es allein nicht mehr schafft. Sie freut sich, wenn man sie im Krankenhaus besucht, sollte sie dort für längere Zeit verweilen müssen etc. pp. Oftmals sind es schon kleine Dinge, die einer Mutter große Freude bereiten. Man muss die Frau, die einem einst das höchste Gut, das Leben, geschenkt hat, nur gut genug kennen, um das zu wissen.

Ich selbst erinnere mich immer wieder gern an den Muttertag, an dem mein damals zweijähriger, einziger Sohn noch etwas unbeholfen auf mich zu getrippelt kam, in den kleinen Händen einen

Blumentopf mit einer blühenden Pflanze, die selbstredend von seinem Vater besorgt worden war. Der kleine Mann strahlte mich an, streckte mir das Pflänzchen entgegen und spitzte das Mündchen, um von mir geküsst zu werden.

Wie das Leben eben so spielt, wurde auch ihm in späteren Jahren die Zeit zu knapp, um sich mehr um seine Mutter zu kümmern, die nun auch im „Kugelkopf"-Alter angelangt ist.

Allerdings versuche ich, meine spärlicher gewordene Haartracht in modische Form zu bringen. Auch muss ich (noch) nicht chauffiert werden, sondern bin dazu in der Lage, eigenhändig mein Auto von der Stelle zu bewegen.

Heute überlässt mein Sohn meistens mir die Auswahl meines Muttertags-Geschenks und erstattet mir die Kosten hierfür.

„Es ist doch besser, wenn du dir selbst etwas kaufst, das dir gefällt, bevor ich irgendetwas anschleppe, mit dem du nichts anfangen kannst" lautet seine einleuchtende Devise.

Die Spezies „Mutter" ist (neben den zuvor schon erwähnten Eigenschaften) von Natur aus darauf „programmiert", ihren Kindern stets beizustehen, ihnen aus der Patsche zu helfen, Verständnis für alle ihre Probleme und ihre knapp bemessene Zeit zu haben. Daher stört es mich herzlich wenig, mir das Geschenk für den speziellen Tag im Mai selbst aussuchen zu müssen. Dafür genieße ich das Privileg, meinen Sohn in unmittelbarer Nähe zu wissen und bei jedem Zusammentreffen von ihm in die Arme genommen zu werden. Da wir im selben Mietshaus wohnen, habe ich die Möglichkeit, ihm an jedem Arbeitstag zuzuwinken, wenn er frühmorgens das Haus verlässt, um ins Büro zu fahren.

Scheinbar spürt er jeweils, dass ich am Fenster seines ehemaligen Kinderzimmers stehe, denn er dreht sich stets um und winkt zurück. Auf diese Art und Weise erlebe ich fast täglich (wenn auch nur für Sekunden) meinen ganz persönlichen Muttertag ...

„Salvatore -
Freund von Mutter"

Es ist nicht gut, dass der Mensch alleine sei ...
Diese Weisheit steht schon in der Bibel geschrieben; und - genauer betrachtet - ist einerseits etwas Wahres daran, andererseits aber ist sie ein ziemlich zweischneidiges Schwert.

Nicht nur, weil ich christlich erzogen wurde und bis heute (zumindest steuermäßig gesehen) der Kirche auch treu geblieben bin, nahm ich mir den oben genannten Bibelspruch schwer zu Herzen und begab mich nach dem Ableben meines Gatten und der Fahnenflucht des nachfolgenden Lebensgefährten auf die Suche nach einem neuen Gegenstück.

Schon nach kurzer Zeit stellte sich heraus, dass ich diesen Schritt lieber hätte bleiben lassen sollen.

Nachdem ich mir den Kopf fast darüber zerbrochen hätte, wie man es am besten und unauffälligsten anstellt, an einen neuen Gefährten für Tisch, Bett, Streit und Sonstiges heranzukommen, landete ich nach hoffnungslosen Aufenthalten im Senioren-Tanzlokal „Ball der einsamen Herzen", ebenso zahl- wie kalorienreichen Sitzungen in diversen Cafés, in denen sich alleinstehende Menschen beider Geschlechter regelmäßig herumdrückten, schlussendlich auf der Schiene, eine Zeitungsannonce unter dem Überbegriff „Herzblatt" aufzugeben.

Die Folge dieser etwas unüberlegten Aktion war ein täglich überfüllter Briefkasten (die Postzustellerin unseres Bezirks dachte bereits darüber nach, eine Schubkarre anzufordern) und stundenlanger Einsatz meiner bedauernswerten Augen beim Studieren der Zuschriften unterschiedlichsten Formats und Inhalts. Gottlob war ich seinerzeit noch keine Brillenträgerin, denn die Augengläser wären so manches Mal der Gefahr der totalen Erblindung ausgesetzt gewesen.

„Hallo, liebe Dame! Ich heiße Gustav, bin 185 cm groß, bringe stolze 50 kg auf die Waage, und mein liebstes Hobby ist es, nach dem täglichen Wannenbade, aber noch in der Wanne sitzend, das Ablaufen des Badewassers zu beobachten, um irgendwann wissenschaftlich begründen zu können, warum der Strudel sich stets in derselben Richtung dreht. Diese Beobachtung löst immer wieder von neuem Faszination in mir aus ..."

„Lieber Herr ... Herzlichen Dank für das Interesse, das meine Anzeige in Ihnen erweckt hat. Leider möchte ich aber lieber darauf verzichten, Sie näher kennenzulernen. Ich könnte es nämlich nicht ertragen, eines Tages hilflos dabei zusehen zu müssen, wie mein fliegengewichtiger Partner vom Strudel des ablaufenden Badewassers mit in die Tiefe gerissen wird ..."

„Liebe Frau! Hier schreipt der Stanislaus. Verseihen du mir, wen ich Feler mach. Du mier gutt Gefallen unt ich möchten dier gärne treffen weil du mich so erinnern an mein mamma."

„Lieber Stani. Ich Dir danken für Deine Zuschrift. Aber Du bitte erst lernen deutsch, weil ich nicht haben Lust, Deine Lehrerin zu sein; dann Du mir teilen mit, wie alt, wie groß und wie schwer Du bist, und dann vielleicht wir uns können treffen. Du Dir bitte beeilen, denn sonst ich bei Treffen auch schon genau so *alt* sein wie Dein Mama ..."

Es würde viel zu weit führen und viel zu viele Seiten füllen, wenn ich alles in dieser Hinsicht Erlebte zu Papier brächte. Nach vier anstrengenden Tagen des Zuschriften-Studiums breitete ich täglich die eingegangenen Briefumschläge ungeöffnet auf meinem Esstisch aus, tastete mit geschlossenen Augen die Reihen ab, um blindlings nur noch diejenigen Kuverts ihres Inhalts zu entheben, die mir unwillkürlich in die Hände fielen.

Als bereits körperliche und seelische Erschöpfung ihren Einzug gehalten hatten, fiel mir aus einem geöffneten blassblauen Kuvert ein Foto in die Hände, das einen dunkelhaarigen (und auch ziemlich dunkelhäutigen) Athleten, in einem Judoanzug steckend, in interessanter Pose und mit ernstem, entschlossenem Blick zeigte. Hocherfreut rief ich nach meinem Sohn, der mir bei den teils recht mühseligen Lesungen ab und zu behilflich war und gerade eine Verschnaufpause einlegte.

„Guck mal! Was meinst du? Der passt doch zu uns, oder?", fragte ich Beifall heischend.

„Nnnn-hmm-joho", brachte mein Sohn gedehnt hervor. Die Aussage klang allerdings wenig überzeugend.

„Mit dem müsstest du dich eigentlich super verstehen! Ihr könntet euch zumindest über den Judosport unterhalten!", rief ich wieder aus, weil mein Sohn eine ähnliche Sportart ausübte, in der er sich als absolutes As erwies.

Skeptisch betrachtete mein Sohn das Foto des Partner-Anwärters.

„Ja, das schon", erklärte er zögerlich. „Und direkt schlecht aussehen tut der ja auch nicht gerade. Aber er muss doch in erster Linie *dir* gefallen. Wie *ich* mit dem klar komme, spielt ja wohl die kleinere Rolle. Aber eines sage ich dir; wenn er dir dumm kommt, lege ich den so was von auf die Matte, dass ihm alles vergeht."

Um mich weiteren Diskussionen zu entziehen, griff ich flugs nach dem Telefon. Neugierig geworden, wollte ich mich mit dem Partnerschafts-Bewerber, der den klangvollen Vornamen Salvatore trug, in Verbindung setzen.

Es klingelte mehrmals am anderen Ende der Leitung, eine Verbindung kam jedoch nicht zustande. Ein eigenartiges Gefühlsgemisch, in erster

Linie bestehend aus Enttäuschung und gleichzeitiger Erleichterung, ergriff von mir Besitz.

„Bleib cool, Mama", rief mein Sohn mir zu. „Es ist noch früh am Tage. Vielleicht ist der Judomeister noch nicht zu Hause."

Die Vorsehung schenkte mir eine Gnadenfrist bis zum Abend. Beim zweiten zaghaften Versuch meldete sich Salvatore, und ich stellte fest, dass seine dunkle Stimme ebenso klangvoll war wie sein Vorname; er zeigte sich über meinen Anruf hocherfreut.

„Ooohhh, guten Abend, Signora", sang er in den Hörer. „Ich freuen mich sehr über Ihren Anruf. Wann wir können uns treffen? Ich brenne darauf, Sie schnell in Person kennenzulernen! Sie mich nicht lassen lange warten, prego!"

Verdutzt blickte ich auf den Telefonhörer. ‚Na, der geht aber ran wie Blücher' dachte ich etwas irritiert; mein Herzschlag erhöhte sich ebenso rasch, wie mein Mut in die Knie sank. Dieser Mensch am anderen Ende der Telefonleitung wusste nicht, wie ich aussah und auch sonst nicht viel über mich, brannte aber schon darauf, mich schnell persönlich kennenzulernen! Meine zaghaften Versuche, sein Tempo etwas zu drosseln, prallten sämtlich an ihm ab.

„No, no, ich nix halten von - wie sagt man - schieben auf lange Bank", versuchte er, mich zu überzeugen. „Ich gleich wissen will, was auf mich kommt zu!"

‚Lieber Himmel, der hat's aber eilig!' dachte ich erschüttert.

Drei Nachmittage später blickte ich - eine Frau mit stolzer Körpergröße von immerhin 168 Zentimetern - tief enttäuscht auf einen dickleibigen, krummbeinigen Südländer mit stark ergrautem, schütteren Haar herab, dessen Körpergröße angeblich 180 Zentimeter maß, in Wirklichkeit aber höchstens 165 Zentimeter betrug, dessen knallbuntes, großgeblümtes Oberhemd meilenweit sichtbar war und umgehend meine Augen schmerzen ließ.

Bevor ich die Chance hatte, mich dagegen zu wehren, riss er mich feurig in seine stämmigen, dicht behaarten Arme und küsste mich schmatzend auf beide Wangen. Anschließend hakte er mich unter und schob mich - die ich in völlig schockiertem Zustand unfähig war, es zu verhindern - in das Café, vor dessen Eingang er mich ungeduldig erwartet hatte.

Erst nach dem Genuss eines starken Kaffees, dem ich in weiser Voraussicht einen ordentlichen Schuss Cognac hatte beimengen lassen, spürte ich, dass meine Stimmbänder wieder bereit waren, zum Einsatz gebracht zu werden.

„Äääh ... ich muss Ihnen sagen, dass ich - geringfügig - enttäuscht bin, Herr Maroni", hörte ich mich zaghaft sagen. „Auf dem Foto ... sind das wirklich *Sie* oder ihr jüngerer Bruder?"

Der kleine Italiener begann, schallend und sehr auffällig zu lachen. Die Köpfe sämtlicher Café-Gäste drehten sich sekündlich in unsere Richtung.

„Hahaha ... hohoho ... Signora, Sie sind köstlich", gluckste er zwischendurch. „Sie gefallen mir gut!"

‚Du *mir* überhaupt nicht' dachte ich, wagte aber leider nicht, den Gedanken auszusprechen.

„Schöne Signora, wann ich dich darf küssen?", fragte Salvatore, als er sich endlich beruhigt und die Lachtränen mit einem überdimensional großen, farblich zum knallbunten Hemd passenden Taschentuch getrocknet hatte. Blitzschnell erhob er sich und beugte sich über den Tisch, um sich mir in angedrohter, unziemlicher Absicht zu nähern.

Abwehrend streckte ich beide Arme aus und rief entsetzt:

„Stopp! Nicht so hastig, junger Mann! Zuerst sind da noch einige Fragen offen, die Sie mir zu beantworten haben. Beim Du sind wir noch lange nicht ... und erst recht nicht beim Küssen!"

Zerknirscht sank Salvatore auf seinem Stuhl in sich zusammen.

„Oh, verzeihen Sie bitte, Signora. Ich bin Italiener, meine Temperamente ist gegangen mit mir durch!"

„Ihre Phantasie anscheinend auch", erwiderte ich streng. „Sie haben sich dieses Treffen unter ganz falschen Voraussetzungen erschlichen. Das Foto, das Sie mir schickten, ist doch mindestens zehn Jahre alt! Ich hoffe für Sie, dass der Judoanzug, den Sie dort tragen, Ihr Eigentum ist und Sie ihn nicht nur zu dem Zweck ausgeliehen haben, beziehungswillige Damen heimtückisch hinters Licht zu führen!"

Salvatore sank noch tiefer in sich zusammen und erklärte mit tränenschwangerer Stimme:

„No, no, Signora, er gehört schon zu mir ... Aber Judo - das ist laange her ..."

Mit um Verzeihung heischendem Dackelblick aus tiefbraunen Augen sah er mich von unten herauf traurig an, bevor er sich zu rechtfertigen versuchte.

„Madonna mia, Signora; manchmal muss man im Leben ein wenig ... wie sagt man ... schummeln, um zum Ziel zu gelangen. Haben Sie noch nie ...?"

„Nein!!", unterbrach ich ihn rigoros. „Ich bin sehr enttäuscht von Ihnen. Und noch mehr enttäuscht sein wird mein Sohn Mario, der sich schon darauf freute, mit Ihnen über den Judosport reden zu können."

Salvatore strahlte urplötzlich wie ein havariertes Atomkraftwerk und rief laut: „Oh, Signora Renata, du haben einen Sohn? Einen Jungen, der Mario heißt?! M a r i o!"

Noch niemals zuvor hatte ich einen Menschen den Namen meines Sohnes so aussprechen hören wie Salvatore. Salvatore sang! Aus seinem Munde klang der Name meines Sohnes wie eine Opernarie.

„Das ist Fügung. Das ist Schicksal!", rief er anschließend laut aus. „Renata, der Himmel hat uns zusammengeführt!"

„Nein, die Zeitungsannonce", erwiderte ich profan und beförderte den italienischen Ariensänger damit aus dem Himmel der Illusionen zurück in die Realität.

Salvatores Gesichtszüge verdüsterten sich wie der Äther vor einem schweren Gewitter.

„Oh, Signora, Sie sind so ... nüchtern. Darf ich Sie trotzdem wiedersehen, obwohl ich habe etwas ... geschummelt?"

Ich kämpfte kurz mit mir und verlor letztendlich. Unerklärlicherweise brachte ich es nicht übers Herz, den kleinen italienischen Schwindler an diesem Nachmittag einfach abzuwimmeln. Vielleicht, weil er den Namen meines Sohnes so unvergleichlich schön aussprechen konnte?

„Wenn Sie das möchten, trotzdem ich Ihrer Ansicht nach *nüchtern* bin. Ich überlege es mir und melde mich wieder bei Ihnen, wenn ich sämtliche Zuschriften gelesen habe."

Salvatore ergriff meine Hände, um sie stürmisch zu küssen. Hastig entzog ich sie ihm und winkte die Bedienung heran, zahlte die Zeche für meinen beschwipsten Kaffee (der feurige Italiener dachte nicht im Traum daran, es zu verhindern) und verließ beinahe fluchtartig das Lokal.

Das auf mich etwas beängstigend wirkende italienische Temperament trieb Salvatore dazu, bereits am nächsten Tag ungebeten anzurufen. Seine charmanten Überredungskünste sorgten dafür, dass ich mich bereit erklärte, ihn am kommenden Sonnabend abzuholen (er besaß weder Auto noch Führerschein) und einen Ausflug mit ihm zu unternehmen.

Die von ihm benannte Adresse befand sich zwar in einem Winkel meines Heimatortes, den ich nach Möglichkeit stets zu meiden versuchte, weil er als etwas verrufen galt, aber ich entschloss mich dennoch dazu, meine Zusage aufrecht zu erhalten.

Salvatore eilte, so schnell ihn seine kurzen krummen Beine trugen, auf mich zu. Blitzsauber bekleidet (er hatte diesmal ein weniger auffallendes, buntes Oberhemd gewählt) und mit blank polierten Schuhen gefiel er mir weitaus besser als bei der ersten Zusammenkunft. Abstoßend wirkte allerdings sein straff geglättetes, glänzendes Kopfhaar auf mich. Augenscheinlich hatte Salvatore zu tief in den Pomadetopf gegriffen.

Mein Verehrer ließ zunächst anerkennende Blicke über mein Auto gleiten, bevor er mich mit einem formvollendeten Handkuss begrüßte.

„Oohh, Signora Renata, Sie fahren eine schicke Automobile, mamma mia!", rief er freudestrahlend aus.

„Freut mich, dass es Ihnen gefällt. Ich mag es auch", erwiderte ich kühl, während unangenehme Ahnungen meine inneren Alarmglöckchen leise anklingen ließen.

Eingehüllt in eine Parfümwolke, die dazu imstande war, jeden Singvogel ohnmächtig vom Baum fallen zu lassen und mir umgehend leichte Schwindelgefühle einbrachte, ließ Salvatore sich lässig in den Beifahrersitz fallen.

Während der Fahrt fühlte ich mich um einige Jahrzehnte zurück versetzt, denn mein Verehrer ließ, der Manier eines Fahrlehrers gleich, keine Sekunde den Blick von mir, beobachtete jede meiner Bewegungen. Der einzige Unterschied zur damaligen Fahrstundenzeit bestand darin, dass Salvatore mich mit überschwänglichen Komplimenten überhäufte, zu denen mein seinerzeitiger Fahrlehrer zu meinem Bedauern keinerlei Veranlassung gesehen hatte.

Meine Versuche, wichtige Dinge über Salvatore und sein Leben zu erfahren, scheiterten allerdings kläglich. Er plapperte fast ununterbrochen, schilderte mir mit leuchtenden Augen in ebensolchen Farben sein Heimatland Italien, berichtete über die zur Zeit dort herrschende politische Situation; seine eigene Familien- und Lebensgeschichte dagegen ließ er völlig außen vor.

Als Ziel unseres sonntäglichen Ausflugs hatte ich einen nicht allzu weit entfernten Stausee ausgewählt. Während wir ihn umrundeten, unternahm Salvatore mehrmalige Versuche der körperlichen Annäherung, die aber meinerseits jeweils im Keim erstickt wurden.

„Oh, Renata, warum du bist so kühl? Schau, es ist Sommer, es ist warm. Man könnte sich legen in

die Wiese, in den blauen Himmel schauen und ..."
Abrupt blieb er stehen, umarmte mich und raunte: „Madonna mia! Renata, du gefällst mir! Wann wir machen Amore?! Bitte, lass mich dich jetzt kussen!"

Fassungs- und wortlos, nicht in der Lage dazu, mich zu wehren, starrte ich diesen fremden Mann, den ich erst zum zweiten Mal getroffen hatte, an, als sei er ein Ungeheuer.

„Du nicht schauen so erschrocken, Signora. Ich bin Italiener und haben ... wie sagt man ... heißes Blut! Ich wollen machen Amore, Bambini machen mit dir ..."

Er löste die Umarmung erschrocken, als ich lauthals zu lachen begann.

„Bambini?! Du spinnst ja wohl!", fuhr ich ihn Sekunden später zornig an. „Wir kennen uns doch gar nicht, und da sprichst du schon von Amore?! Außerdem bin ich in einem Alter, in dem Frauen bereits Großmutter werden! Niente! Nix mehr mit Bambini! Hau ab! Verschwinde, du ... liebeshungriger Gigolo und such dir ein anderes, jüngeres Opfer! Finito! Du verstehen?! Schluss!! Arrivederci!"

Auf der Stelle unternahm ich eine Kehrtwendung, ließ den verblüfften Italiener stehen und begann zu laufen, so schnell meine Füße mich trugen. Andere Fußgänger, die mir den Weg versperrten, schubste ich rigoros beiseite. Noch einmal hörte ich Salvatores klangvolle Stimme, als er mir nachrief:

„Aber die seien alle arm; haben keine Geld und keine Auto ... Porca Miseria!!"

„Dein Pavarotti hat angerufen."

Mit diesen Worten wurde ich von meinem Sohn empfangen, als ich am nächsten Tag von einer Einkaufstour zurückkam. Umgehend stieg unbändige Wut in mir auf. Dieser pomadige italienische Lüstling hatte also tatsächlich gewagt ...

„Was hat er denn gesagt?", fragte ich meinen Sohn in einem Gefühlsgemisch aus Abwehr und gleichzeitiger Neugier.

„Hier ist Salvatore - Freund von Mutter. Mit wem ich habe die Ehre?"

Gespannt wie ein Flitzebogen stellte ich meinem Sohn die Frage: „Und was hast du geantwortet?"

„Hier ist Mario - *Sohn* von Mutter".

„Und weiter? Erzähl doch schon", drängte ich. „Wie hat er reagiert?"

„Ganz cool. ,*Sie mir bitte geben Mama*' sagte er im Befehlston. Und dann habe ich ihm höflich zu verstehen gegeben, dass er schnellstens die Kurve kratzen und seine Spermien dort verteilen soll, wo er hingehört, und ansonsten die pomadigen Pfoten gefälligst von den deutschen Frauen zu lassen hat. Ich glaube, er hat mich verstanden, denn er legte grußlos auf. Verstehe ich gar nicht; ich war doch ganz nett."

Am nächsten Tag zündeten wir auf der großen Wiese hinter unserem Wohnhaus ein Freudenfeuer an, dem wir die gesamte eingegangene Partnerschafts-Bewerberpost zum Fraß vorwarfen. Mit ihr verschlangen die Flammen aber auch die Illusion, auf dem zuletzt leichtsinnig beschrittenen Wege einen neuen Partner zu finden. Übrig blieben nur noch Enttäuschung, Rauch und Asche.

„Weh-weh-weh ... Punkt.de"
oder
„Zurück zur Natur"

Ich komme nicht ins Internet!!

Ein tiefer Schreck, grenzenlose Hilflosigkeit und maßlose Enttäuschung begleiteten diesen Gedanken, als ich eines Morgens meinen Computer einschaltete, um eine angefangene Kurzgeschichte zu vollenden und die eventuell eingegangenen Nachrichten zu studieren.

Schon einmal war es vorgekommen, dass ich keine Verbindung mit dem Internet erhielt. Die Ursache hierfür war die Tatsache, dass der Empfänger im Rechner nicht korrekt befestigt worden war und demzufolge im Gehäuse lose herumlag. Tragisch, peinlich, aber immerhin greifbar und verständlich! *Der* Schaden konnte zügig und mit herkömmlichem Werkzeug mehr oder weniger einfach behoben werden.

Jetzt aber, da ich zum zweiten Mal auf dem Bildschirm den Text „Fehler bei der Übermittlung" lesen musste, traf mich fast der Schlag. Nun stand ich da mit meinem kurzen Hemd, ich armer Tropf, und wusste nicht, was ich tun sollte. Von

Technik, Funk und Elektrik hatte ich keinen blassen Schimmer. Die einzige Aktion, die ich selbstständig hektisch zu Wege brachte, war das Überprüfen der Kabelverbindungen und Steckkontakte. Alle Kabel steckten ordnungsgemäß; keines fehlte im Hauptanschluss, und auch im Rechner waren alle Stromverbindungen korrekt befestigt. Daran konnte es also nicht liegen, und nun war guter Rat teuer.

Entschlossen griff ich zum Telefon und wählte die Gesellschaft an, die für meinen Anschluss zuständig war.

„Ich komme nicht ins Internet", sprach ich meine morgendliche grausige Feststellung laut aus.

„Okay. Welches System nutzen Sie? Wie heißt der Router?", wurde ich gefragt.

‚Okay' fand ich den Sachverhalt überhaupt nicht, und erst recht wusste ich nicht, wer der Router war! Vielleicht der vor kurzem neu eingezogene Nachbar?

Der nette Mann am anderen Ende der Leitung begann, mit mir zu reden wie mit einem Kleinkind, bis ich ihm übermitteln konnte, welchen Anschluss ich nutzte. In der Folge fand ein anstrengender Marathon durch mehrere Zimmer statt, weil ich zeitnah die Kontroll-Lämpchen am Rechner und am Router (ich wusste nun, wer er war) zu kontrollieren hatte.

„Passen Sie auf. Ich erkläre Ihnen jetzt, was Sie zu tun haben, okay? Also, wir überprüfen jetzt

Ihre LAN-Verbindung ... Schauen Sie bitte an Ihrem Rechner nach, ob das LAN-Kabel gesteckt ist."

„Da stecken mehrere Kabel. Und alle sind fest. Fester geht's gar nicht", erwiderte ich gereizt, denn meine Nerven lagen bereits blank. Auch die Kontaktkabel im Router hatte ich überprüft und als felsenfest befunden.

Die männliche Stimme instruierte mich durch einen ellenlangen Pfad (einen solchen hätte ich viel lieber auf meinen zwei Füßen durch die Natur hinter mich gebracht), um schlussendlich feststellen zu müssen, dass mir nicht zu helfen war. Eine Verbindung zum Internet schien für alle Zeiten verloren gegangen.

Erst als ich das Telefon beiseitegelegt hatte, dämmerte es mir schemenhaft, dass eine Nutzung per LAN-Kabel in meinem Haushalt nicht durchführbar war (Panik und Hektik lösen anscheinend Gedächtnislücken aus), weil keine Möglichkeit bestand, den Computer in der Nähe des Telefonanschlusses zu platzieren. Es sei denn, ich wollte es mir zum Schreiben stets im Hausflur bequem machen.

Um eine Erleuchtung reicher startete ich wagemutig einen zweiten Hilferuf beim Anbieter.

„Der Computer steht also weiter weg vom Hauptanschluss? Dann haben Sie eine WLAN-Verbindung", vermutete der Teilnehmer am anderen Ende der Leitung - diesmal eine junge Dame - ganz richtig. In der Folge begann abermals ein mehrmaliges Hin- und Herlaufen durch mehrere Zimmer, um zu kontrollieren, ob das gelbe Lämpchen am Router leuchtete oder nicht!

Es leuchtete, aber eine Verbindung kam dennoch nicht zustande! Es begann eine Odyssee, wie ich sie zuvor in meiner Laufbahn der Textverarbeitung noch nie erlebte.

„Dann machen wir jetzt einen Abdeht", erklärte meine Beraterin entschlossen.

„Was ist *das* denn?!", fragte ich panisch.

„Sicher haben Sie dieses Wort schon öfter auf ihrem Bildschirm gelesen", tröstete die Dame mich in mütterlich-beruhigendem Tonfall. „Man schreibt es U p d a t e; es ist ein englisches Wort."

(Sicherlich ist *Ihnen* bekannt, was ein „Update" ist. *Ich* wusste das bis dato nicht.)

„Ich gebe Ihnen jetzt alle Schritte nacheinander vor; Sie brauchen nur anzuklicken, was ich Ihnen sage", redete die Fachberaterin freundlich weiter. „Klicken Sie jetzt bitte mal auf ...", bekam ich den nächsten Befehl erteilt, den ich im weiteren Verlauf des Gesprächs unzählige Male zu befolgen hatte.

Die Computersprache ist größtenteils Englisch. Da ich sozusagen „von gestern" bin und im Laufe meines Lebens niemals mehr versucht hatte, einen erfolgreich angefangenen Englischkurs zu beenden und danach Schulungen für Fortgeschrittene zu besuchen, saß ich vor dem Bildschirm wie der sprichwörtliche Ochs vorm Berge! *Ein* undurchsichtiger Befehl nach dem anderen brachte meinen Kopf zum Schmerzen und mein Blut in Wallung.

„Remote.http.WorldWideWeb.exe.blablabla ... versucht eine Verbindung herzustellen! Möchten sie diesem Programm den Zugriff auf Ihr Netzwerk erlauben? Ja/ Nein/ Abbrechen!"

Diese Art von Befehlen las ich (zu meinem Erstaunen teilweise in Deutsch) im weiteren Verlauf der telefonischen Führung durch die Hintergründe und das Innenleben meines Computers unzählige Male! Aber es half mir in keiner Weise wirklich weiter!

„Ja, wenn *das* jetzt nichts nützt, müssen Sie leider mal die Rückwand von Ihrem Rechner abschrauben und nachschauen, ob die Karte richtig steckt!", befahl die junge weibliche Stimme am anderen Ende der Telefonleitung. Auch sie klang jetzt plötzlich leicht gereizt.

‚Welche Karte?!' dachte ich panisch, ob meiner technischen Unwissenheit tief betroffen. ‚Eine Scheck-, Ansichts- oder Landkarte?'

„Ne, das tut mir leid", weigerte ich mich strikt. „Das kann ich nicht. Da müssen wir warten, bis jemand kommt, der etwas mehr von dem Ganzen versteht als ich. Vielen Dank für Ihre Mühen; ich melde mich später wieder."

Ich meldete mich noch zweimal wieder und wurde mit Hilfe wechselnder Gesprächspartner wiederum durch ellenlange Pfade gejagt, die sich letztendlich aber allesamt als nutzlos herausstellten.

„Ich brauche ein Kennwort, das Sie damals beim Einrichten des WLAN bekommen haben müssen. Das können nur Sie wissen; es erscheint in den Unterlagen nicht", erfuhr ich durch eine junge Männerstimme.

Um ein Haar wäre ich in Tränen ausgebrochen, als ich eingestehen musste, dass jemand anderer den Computer startklar gemacht hatte und ich ihn fix und fertig von meinem Sohn übernommen habe.

„Tja, da hilft es jetzt nichts", erklärte mir die junge Männerstimme in mitleidigem Tonfall. „Sie müssen den Router in die Nähe des Computers schaffen. Das geht ganz einfach. Man kann das Sinus-Gerät von der Wand abnehmen. Dann befestigen Sie das LAN-Kabel im Router und in Ihrem PC. Das Kabel haben Sie seinerzeit mitgeliefert bekommen. Dann müsste das Internet wieder da sein. Anders kann ich Ihnen leider nicht mehr helfen."

‚Da weiß ich was v i e l Besseres!' dachte ich aufgebracht. ‚Ich öffne die Balkontür und schmeiß' den ganzen Krempel in hohem Bogen auf die Wiese! Dann hat die Seele Ruhe!'

Stattdessen bedankte ich mich traurig und gleichzeitig erbost, legte mit zitternden Fingern das Telefon aus der Hand und wischte mir den Schweiß von der Stirn. Ich verspürte keinerlei Ambitionen, irgendetwas von der Wand abzumontieren und woanders aufzustellen! Stattdessen fühlte ich mich plötzlich schwerkrank, denn man konnte mir nicht mehr helfen!

Resigniert schaltete ich den Computer ab und beschäftigte mich zur Ablenkung mit nutzbringenderen Tätigkeiten. Stunden später erhielt ich unverhoffte Hilfe durch meine pfiffige Schwiegertochter.

Als sie vor meinem Computer Platz genommen hatte, konnte ich in rascher Folge auftretende „Fenster" auf dem Bildschirm und dann ein erlösendes Lächeln auf dem Gesicht der jungen Frau erblicken.

„Es ist wieder da! Das Internet funktioniert wieder!", erklärte sie mit strahlenden Augen.

„Wie hast du das denn so schnell geschafft?!", fragte ich verblüfft.

„Ich habe einfach eine neue Netzwerk-Verbindung hergestellt", erwiderte sie, als sei es das Normalste und Unkomplizierteste auf der Welt!

Auf die glorreiche Idee, einfach eine neue Netzwerk-Verbindung herzustellen, war nicht einer der Fachberater, die ich Stunden zuvor mit meiner Unwissenheit genervt hatte, gekommen.

Ich geriet in den Zustand, wehmütig an frühere Zeiten zurück zu denken. An meine Lehrjahre, während deren Verlaufs ich das Bedienen der Schreibmasche erlernte; an meine Schreibmaschine, deren mechanische Tastatur den Druck meiner immer flinker werdenden Finger ertragen musste, bis sie völlig ausgeleiert war. Selbst die ihr folgende technische Errungenschaft, die *elektrische* Schreibmaschine, war mir wesentlich sympathischer als die heutige, für Laien viel zu umfangreiche Computer-Technik, sei sie noch so ausgereift und perfekt.

Zugegeben: Wenn man sich damals vertippt hatte oder mit dem geschriebenen Text letztendlich nicht zufrieden war, musste man den Radierstift zur Hand nehmen oder ein neues Blatt Papier opfern und von vorn anfangen. (Wer hat nicht schon mal einen alten Film gesehen, in dem der Hauptakteur die Rolle eines Schriftstellers innehat, der zu nächtlicher Stunde - verzweifelt die Haare raufend - vor seiner Schreibmaschine sitzt. Mit übermüdeten, rotgeränderten Augen starrt er auf das eingespannte Blatt Papier, um es anschließend in einem heftigen Anfall der Wut von der quietschenden Walze zu reißen, zusammenzuknüllen und auf den Boden zu schleudern, wo es sich dort zu schon zahlreich vorhandenen, in großzügigem Radius verbreiteten Knäueln gesellt?)

Für kleinere Malheure gab es später geniale Papierstreifen namens Tipp ex, mit denen man anstelle des mühsamen Radierens Buchstaben entfernen und anschließend neu tippen konnte. Abgelöst wurde der Papierstreifen von einer weißen, flüssigen Substanz, dem sogenannten „Korrekturlack". Im weiteren Verlauf des Fortschritts wurde das vor dem Farbband zu installierende Korrekturband erfunden.

‚Ja, das waren noch Zeiten' dachte ich tief aufseufzend. ‚Könnte man doch noch einmal zurück zur Natur. Das Schreiben war zwar etwas mühsamer, aber es gab auch noch nicht die Hektik, die heute die Menschen krank macht. Heute muss alles schnell, schnell und möglichst noch schneller gehen; niemand hat mehr Zeit.'

Da diese sich aber nicht mehr zurückdrehen lässt, muss man wohl oder übel mit ihr gehen. Auch wenn der Computer hin und wieder als eine „Ausgeburt des Teufels" bezeichnet wird, weil durch ihn (leider) so mancher Mensch an seinem Arbeitsplatz ersetzt wurde, ist er nicht mehr wegzudenken. Er erleichtert Arbeitsabläufe und verbindet dank Internet (wenn es reibungslos funktioniert!) die Menschen in aller Welt miteinander.

Auch ich muss wohl oder übel in den sauren Apfel beißen und das Internet nutzen, wenn ich meine geschriebenen Worte zügig und zeitgemäß weitergeben will; denn auch die Zeiten, in denen man den Verlagen Manuskripte in Papierform durch die Post zusandte, sind vorbei. Niemand ist mehr bereit, sich durch Berge von beschriebenem Papier zu „fressen"!

„Zurück zur Natur" heißt das Motto nur noch dann, wenn wir uns von den Strapazen des heutigen hektischen Lebens erholen wollen, denn nur sie ist in der Lage, uns Menschen die längst verloren gegangene Beschaulichkeit - wenn auch nur stundenweise - zurückzugeben.

„Tiere sind die besseren Menschen"

Wenn es die Liebe auf den ersten Blick jemals gab, dann begegnete sie mir an dem Tag, als Nicki in mein Leben (oder besser gesagt in das Leben meines Sohnes und seiner Frau) trat.

Schon im zarten Grundschulalter bat mein Sohn - wie wohl alle Kinder irgendwann einmal - darum, ein Tier halten zu dürfen. Ein Mäuschen, einen kleinen Hasen, einen Vogel, ein Kätzchen, am liebsten aber einen Hund! Oder am allerliebsten alles auf einmal!

„Kommt ja gar nicht in Frage!", lehnte mein Ehemann rigoros ab, das traurige Gesicht seines Söhnchens zwar mit einer Träne im Knopfloch, aber dennoch streng missachtend. „Wir können doch hier keinen privaten Streichelzoo eröffnen!"

„Aber Papa; du hattest doch früher auch Kaninchen, und sogar einen Hund", jammerte unser Filius. „Warum darf ich denn nicht wenigstens einen Hund haben?!"

„Das kann ich dir genau erklären, mein Junge", antwortete sein Vater mit ernster Miene. „Erstens war ich, als ich die Kaninchen gehalten habe und die Anni (*so hieß seine Schäferhündin*) damals bekam, schon erwachsen, und zweitens hatten wir hinter dem Haus einen Garten, in dem der Karnickelstall und die Hundehütte standen. Die Tiere waren nie in der Wohnung. Meine Kinder (*die aus seiner ersten Ehe*) konnten jederzeit bei ihnen sein, sie streicheln, mit ihnen spielen, mit der Anni toben und Gassi gehen, aber die Wohnung war auch für sie tabu. Höchstens wenn sie mal krank war, was aber so gut wie gar nicht vorkam, durfte sie sich drinnen aufhalten. Und drittens dürfen wir hier in diesen Wohnungen gar keine Hunde halten."

Seinem letzten Satz konnte man die Erleichterung deutlich anhören.

Mein Mann hatte es nicht nötig, eine Notlüge zu gebrauchen, denn laut unserem seinerzeitigen Mietvertrag - wir bewohnten eine werksgebundene Wohnung - war Tierhaltung strengstens untersagt. Wer gegen diese Klausel verstieß, musste mit sofortiger Kündigung des Mietverhältnisses rechnen. Somit war das Thema Hund vom Tisch, was unseren Spross aber keinesfalls davon abhielt, um ein anderes, kleineres Tier zu betteln.

„Papa, bitte, bitte, dann wenigstens ein Kaninchen, ja? Oder einen Hamster, oder ein Meerschweinchen!"

„Sonst noch was?! Du hast wohl einen Vogel!", entfuhr es meinem Ehegatten in barschem Ton.

„Ne, leider nicht. Aber darf ich einen haben?", erwiderte der Junge, schon damals ein kleiner

Meister des Wortspiels. Ein sehr strenger Blick des Familienoberhauptes beendete die Diskussion und sorgte nachhaltig dafür, dass sie auch in nächster Zeit nicht wieder aufgegriffen wurde.

Unser Sohn wurde größer (ein natürlicher Prozess, der sich nun mal nicht aufhalten lässt) und unternahm von Zeit zu Zeit nochmals den Versuch, einen vierbeinigen Kameraden anschaffen zu dürfen. Da er aber bei seinem Erzeuger nach wie vor auf hartnäckigen Widerstand stieß, hatte er nun *mich* ins Visier genommen.

„Mama! Wir haben in der Klasse ein paar Wüstenrennmäuse, für den Biologie-Unterricht. Die sind ja sooo süß! Mama, bitte, kann ich nicht auch eine bekommen? Wenigstens *eine*", versuchte er, mich weich zu kochen.

Ein bisschen gegen meinen Willen trat ich in die Fußstapfen meines Gatten, kämpfte aber zuvor einen schweren inneren Kampf mit mir (der flehende Blick des Jungen war zu herzzerreißend), bevor auch ich mit tränendem Herzen ablehnte. In meinem Elternhaus hatte es niemals Tiere gegeben; ich war demzufolge den Umgang mit ihnen nicht gewohnt. Außerdem kam mir das äußerst unangenehme Erlebnis mit einer ausgewachsenen Katze, die mir - ich war seinerzeit knapp sechs Jahre alt - vom Dach der Laube einer Großtante in den Nacken sprang, wieder in den Sinn. Die innere Abwehr gegen diese Art der Vierbeiner, die ich ab dato hinterlistige, schleichende Ungeheuer nannte, blieb mir bis heute erhalten. Erschwerend hinzu kam die Tatsache, dass ich neben der Hausarbeit halbtags berufstätig war und zudem bei der Arbeit in unserem Schrebergarten helfen musste.

Mit letztgenannten, stichhaltigen Argumenten konnte ich meinen kleinen Sohn schlussendlich davon überzeugen, dass die Anschaffung eines Haustieres - sei es noch so klein und pflegeleicht - flach fallen musste.

„Sieh mal, *ich* kann mit Tieren nicht umgehen, weil ich nie welche hatte", redete ich mich heraus. „Und außerdem kann ja mal was passieren, wenn von uns gerade keiner zu Hause ist. Auch die kleinsten Tiere sind kein Spielzeug, sondern Lebewesen, um die man sich kümmern und auf die man aufpassen muss. Stell dir mal vor, du kommst aus der Schule zurück und findest die kleine Rennmaus tot in ihrem Käfig vor! Da würden wir alle drei uns doch ewig Vorwürfe machen."

Ein kleines Wunder geschah, indem mein Mann zeitnah mit meiner Ablehnung den Vorschlag unterbreitete, irgendeinen Vierbeiner in unserem Garten zu halten. (Offen gestanden war es ein heimtückischer Versuch meines Gatten, seinen Filius zum täglichen Besuch im Garten zu verpflichten, der auf unseren Sohn sonst nur einen Reiz ausübte, wenn die Himbeeren reif waren). Der väterliche Anschlag prallte allerdings an der heftigen Abwehr unseres Nachkommen ab.

Da es keinem Menschen bisher gelungen ist, den Prozess des Älterwerdens aufzuhalten (es sei denn, man lebte schon in jungen Jahren ab), wurde auch unser Sohn schließlich erwachsen. Während der einzelnen Phasen auf dem Weg dorthin war sein Wunsch nach einem eigenen Haustier in den Hintergrund getreten. Vor einiger Zeit jedoch - er hatte inzwischen die perfekt passende Frau fürs Leben gefunden und geheiratet - kam dieser Wunsch mit aller Macht wieder zum Vorschein. Zwar war ihm das „Haustier", das seine heutige Frau als Single in ihrer Wohnung hielt (es handelte sich um eine Vogelspinne) nicht gerade sympathisch. Wäre diese nicht in einem Käfig gefangen gewesen, hätte er mit Sicherheit umgehend das Weite gesucht, denn er konnte Spinnen - auch wenn sie winzig klein waren - nicht ausstehen. Um aber die Gunst seiner Freundin nicht zu verlieren, versuchte er tapfer, sich an die Anwesenheit des pelzigen Achtbeiners zu gewöhnen.

Zum - wenn auch verborgenen - Entzücken meines Sohnes verendete die Spinne nach kurzer Zeit. Als ihre Nachfolger erstand das frisch verliebte Pärchen gemeinsam zwei Wüstenrennmäuse, mit denen sich *ein* Kindheitswunsch meines Sohnes letztendlich doch noch erfüllte.

Es folgte die Hochzeit des jungen Paares, der Umzug in eine gemeinsame Wohnung, die sich der meinen gegenüber eine Treppe tiefer befindet, und die Anschaffung noch weiterer vier Rennmäuse.

„Jetzt bist du ja erwachsen und kannst machen, was du willst", kommentierte ich seufzend die Ankunft der kleinen, zugegebenermaßen niedlichen Tierchen. Innerlich bedauerte ich noch nachträglich, dass ich meinem Jungen seinerzeit den Wunsch nach ihnen abschlagen musste, war aber gleichzeitig froh darüber, dass er es nicht geschafft hatte, ihn während seiner Kindheit durchzusetzen. Die voluminöse Behausung der Mäuse hätte seinen eigenen Lebensraum im damaligen Kinderzimmer um einiges verkleinert.

Ein halbes Jahr war nach dem Einzug der Mäuse in die Wohnung der jungen Leute ins Land gezogen. Auf Hamster, Vögel, Meerschweine etc. war verzichtet, ein Aquarium mit seltenen Zierfischen wieder abgegeben worden, als mein Sohn mir eines Tages erklärte, dass seine Frau unterwegs sei, um einen Hund von dessen Vorbesitzern abzuholen.

Zum zweiten Mal in meinem Leben traf ein imaginärer kräftiger Schlag meinen Kopf genau in der Schädelmitte; ihm folgten auf dem Fuße ein Rauschen in den Ohren und ein fassungsloser Blick meinerseits in die etwas verlegen blickenden Augen meines Sohnes, der sich umgehend mit leicht hängenden Schultern und wortlos aus meiner Wohnung entfernte.

Um meinem aus der Fassung geratenen Kreislauf die Gelegenheit zur Beruhigung zu geben, trat ich auf den Balkon hinaus und hatte ein paar Minuten lang tief durchgeatmet, als sich auf dem breiten Zugangsweg zur Haustür meine Schwiegertochter näherte. An einer kurzen, straff gezogenen Leine führte sie unter größten körperlichen Anstrengungen ein großes, tiefschwarzes Etwas, das sich offensichtlich gegen den starken Leinenzug sträubte und etwas unsichere Schritte vollführte.

‚Das darf ja wohl nicht wahr sein' dachte ich schockiert, um in der nächsten Sekunde meinem Unmut mit der sarkastischen Bemerkung „Einen größeren hast du wohl nicht gefunden" Ausdruck zu verleihen. Meine Schwiegertochter zog den Kopf leicht ein, das schwarze Wesen tat es ihr gleich, und beide entschwanden meinem Blickfeld und danach im Hauseingang.

„Ihr beiden bleibt ab jetzt da unten in eurem Tierheim, und *ich* friste mein Dasein allein hier oben!"

Mit diesen, in bösem Ton ausgesprochenen Worten bombardierte ich etwas später telefonisch meinen Sohn und gab ihm keinerlei Gelegenheit zu einer wie auch immer gearteten Erwiderung.

Einige Stunden vergingen, während deren Verlaufs meine Gedanken und auch mein Körper keine Ruhe mehr fanden. Zutiefst bereute ich meine letzte Bemerkung; mein Mutterherz schmerzte, und auch der Anblick des schwarzen Etwas, der mich auf merkwürdige Art gerührt hatte, ging mir nicht mehr aus dem Kopf.

‚Das kannst du nicht machen' rief ich mich innerlich selbst zur Ordnung. ‚Du kannst ihnen das nicht antun, und dir selbst auch nicht!'

Ich wusste genau, dass ich das Leben ohne Kontakt mit meinem geliebten Sohn nebst ebenso geliebter Schwiegertochter nicht lange würde aushalten können und meldete mich zu einem kurzen Besuch bei den jungen Leuten an.

„Ich komm' mal eben runter", brummelte ich, und mein Sohn reagierte hocherfreut. Das mulmige Gefühl, welches mich unterwegs auf der Treppe beschlich - ich würde in ein paar Sekunden einem großen, unbekannten Vierbeiner gegenübertreten -, versuchte ich zu verdrängen.

Mein Sohn öffnete die Wohnungstür. Ihr gegenüber, im Rahmen der Wohnzimmertür, stand bewegungslos ein Labrador weiblichen Geschlechts mit tiefschwarzem, seidig glänzenden Fell, wunderhübschem Hundegesicht, halb aufgerichteten Ohren und blickte mich mit großen schwarzen Augen etwas ängstlich von weitem an.

Ich spürte, dass ich mich etwas vorbeugte, dem Tier in die schönen Augen blickte, und ich hörte mich zu meiner eigenen Verwunderung mit seidenweicher mütterlicher Stimme sagen: „Ja, wer bist *du* denn?! Komm doch mal her!"

Mein Herz begann zu hüpfen, ein Jauchzer stieg in meinem Hals auf und kitzelte meine Stimmbänder (es gelang mir aber, ihn zu unterdrücken; er hätte den vierbeinigen Neuankömmling erschrecken können); mir war so zumute, als habe ich soeben die Liebe meines Lebens entdeckt!

Das schwarze Wesen kam zügig auf mich zu, sah zu mir auf, gab ein leises Fiepen von sich und begann, meine Hände zu lecken - jeden Finger einzeln! Anschließend ließ es sich wehrlos und geduldig von allen Seiten streicheln und richtete die Ohren auf. Das Eis war endgültig gebrochen; von Rührung überwältigt beugte ich mich tief hinunter und umarmte schüchtern den Körper des Labrador-Mädchens, das den Namen „Nicki" erhielt.

„Du gehörst jetzt schon dazu", erklärte mein Sohn, stolz und erleichtert lächelnd. „Sie hat dich sofort akzeptiert. Und wenn ein Hund das einmal getan hat, so ist das für ihn lebenslang. Die Nicki wird dich nie mehr vergessen."

Ich glaubte es selbst kaum, aber das große, schwarze Etwas hatte mein Herz im Sturm erobert. Ich begleitete die „junge Familie" auf ihren nachmittäglichen großen Runden, erlebte die behutsame Erziehung Nickis durch meine Schwiegertochter mit; einige Wochen später - Nicki durfte bereits kurzzeitig ohne Leine laufen - rannte sie neben mir her, wenn ich kleine Strecken joggte. Nicki vermisst mich sofort, wenn ich einen anderen Weg einschlage, kommt, wenn ich sie von weitem rufe; sie liegt unter dem Küchentisch, während wir drei menschlichen Wesen gemeinsam essen. Und - was in mir besondere Faszination auslöst - sie besitzt eine Gabe, die so manchem Menschen vollständig fehlt: Sie spürt, wenn irgendetwas mit mir nicht stimmt. Sie lässt sich zu meinen Füßen nieder und blickt mich an, als wolle sie fragen: „Was ist denn heute nur los mit dir?"

„Tiere haben ein viel besseres Gespür für alles als Menschen", klärte meine Schwiegertochter mich auf. „Sie müssen sich ja in der freien Natur behaupten und Gefahren erkennen. Sie wittern schon aus größeren Entfernungen, wenn etwas Bedrohliches auf sie zukommt. Für solche Instinkte können wir Menschen sie nur beneiden. Man sagt, dass sie sogar Dinge wahrnehmen, die sich uns völlig entziehen. Sie können sozusagen Gespenster sehen."

„Unsere Nicki ist da sogar ganz besonders feinfühlig. Das haben wir schon öfter gemerkt", erklärte mein Sohn.

Ein besonders trauriges Ereignis brachte auch mir diese Erkenntnis nahe. Ein Familienmitglied wurde aus unserer Mitte gerissen; plötzlich und unerwartet verstarb mein geliebter Bruder.

Als ich meine kleine Familie zu einem Kondolenzbesuch bei meiner Schwägerin abholen wollte und kaum im Türrahmen stand, kam die Hündin flugs auf mich zugelaufen, sprang an mir diesmal so hoch, als wolle sie die Tränen entfernen, die mir unaufhaltsam über die Wangen liefen.

Als ihr dies Manöver nicht gelang, streckte sie mir anschließend die Vorderpfoten entgegen, wie ein Mensch, der mir tröstend seine Hände reichen will, fiepte ununterbrochen in kläglichem Ton und blickte mich an, als wolle sie sagen „Sei nicht traurig; hör doch auf zu weinen. Es wird ja alles gut."

Aber auch Nicki blickte traurig. Sie musste an dem Tag zurückbleiben, und man merkte ihr an, dass sie uns am liebsten auf dem schweren Weg begleitet hätte, um weiterhin an unserer Seite weilen und uns trösten zu können.

‚Tiere sind eben doch manchmal die besseren Menschen' dachte ich, als mein Sohn die Tür schloss und Nicki hinter ihr verschwand.

Es war gar nicht ihre Art, hinterher zu jammern, wenn jemand die Wohnung verließ, aufgrund der Berufstätigkeit ihrer Herrchen war sie das Alleinsein gewohnt, aber an dem Tag hörte man noch von draußen ihr leises, trauriges Fiepen.

„Der Schreibtisch von Tante Minna"

Allgemein betrachtet ist so ein Schreibtisch ein recht nützliches und anschaffungswürdiges Möbelstück. Er bietet viel Platz für alles in schriftlicher Form Festzuhaltende - mit separat verschließbarem „Geheimfach" sogar für Dinge, die nicht jedermann zugänglich sein sollen.

In meiner Teenagerzeit hatte ich mir in manchem Tagtraum so einen Schreibtisch - in zierlicher Form und aus edlem Holz hergestellt - herbeigesehnt. Gedanklich saß ich oft bereits an ihm, erledigte meine Schulaufgaben, verfasste die ersten Liebesbriefe etc.

Die Erfüllung dieses Jungmädchentraums wurde mir schon aus rein räumlich bedingten Gründen versagt. Auch im weiteren Verlauf meines Lebens blieb dieser Traum leider unerfüllt. Andere, für eine Familie wichtigere Einrichtungsgegenstände hatten stets den Vorrang.

Erst nahe dem Herbst meines Lebens, als ich bereits meinen Ehemann der allerhöchsten Instanz überlassen musste, sollte ich in privatem

Bereich wieder mit dem Gegenstand meines liebsten Jungmädchentraums konfrontiert werden.

Bei meiner Tätigkeit als Regisseurin in einer Laienspielgruppe lernte ich einen neuen Mann kennen. Alex war ein sympathischer Mensch, ein recht jungenhafter Typ, der meine Interessen teilte und auch sonst ganz gut zu mir passte. Da wir zusammenarbeiten mussten (Alex war dafür zuständig, die Schauspieler auf der Bühne ins rechte Licht zu setzen), freundeten wir uns an; aber nicht nur bei der gemeinsamen Bühnenarbeit kamen wir uns näher.

Als ich unter starkem Herzklopfen zum ersten Mal das Appartement meiner neuen Liebe betreten durfte, konnte ich nicht ahnen, welch grausige Überraschung dort meiner harrte!

Zögernd und aufgeregt wie ein Backfisch betrat ich das Wohnzimmer.

Vor einer recht großzügigen Fensterfront prangte dort ein obskures Monstrum, dessen Anblick mich von Sekunde an in den Zustand stummer Fassungslosigkeit versetzte.

‚Was ist denn *das*?!' dachte ich schockiert und musste mich zusammenreißen, um nicht die Hände über dem Kopf zusammen zu schlagen!

„*Das*" entpuppte sich als Schreibtisch. Als ein solcher, wie ich ihn in seiner Form noch niemals zuvor sah! Genau genommen war er „formlos", oder - besser ausgedrückt - aus verschiedenen, nicht aufeinander abgestimmten Formen zusammengesetzt.

Sein aus stark nachgedunkeltem Nussbaumholz bestehender, ausladender Korpus, dessen Seiten durch eine große Anzahl von Kratzern unterschiedlichen Formats geziert waren, wirkte auf mich augenblicklich deprimierend.

An seiner linken Seite war ein Paar gerader Beine befestigt, die wirkten, als seien sie erst einmal provisorisch dort angebracht und anschließend vergessen worden. An der rechten Seite hatten die stelzenartigen, wie überdimensionale Zahnstocher aussehenden, jeweils extra abschraubbaren Beine eine heftige Schrägstellung, die je nach Platzierung des Möbelstücks eine gefährliche Stolperfalle darstellen konnte. Den Abschluss der hölzernen Gebeine bildeten zu allem Übel Füße, die aus flachen, runden, undekorativen Metallplatten bestanden.

Unter der Tischplatte - auf die ich noch extra zu sprechen komme - hatte man rechts und links der Beinaussparung des Monstrums jeweils zwei Schubladen, bestückt mit großen, hässlichen Metallknöpfen, angebracht.

Auch diese Schubladen trugen nicht dazu bei, dem Einrichtungsgegenstand eine etwas hübschere Note zu verleihen. Außerdem erweckten sie den Eindruck, als seien auch sie nur provisorisch und recht lieblos dort untergebracht worden und könnten jeden Moment abfallen.

Hinter den Rückwänden der Schubladen hatte man - vermutlich zur Stabilisierung des Monstrums - von den Seitenteilen her als Querverbindung eine breite Holzlatte befestigt.

‚Wer, um Himmels Willen, hat sich eine solche Scheußlichkeit ausgedacht?!' ging es mir durch den Kopf. ‚Das Ding muss aus einer Epoche zeitgenössischer Kunst stammen, an die sich heute kein Mensch mehr erinnern mag' dachte ich entsetzt, während mein Blick sich schüchtern weitertastete.

Er erreichte schließlich die Tischplatte, die derzeit nur in Teilstücken sichtbar war. Trotzdem war zu erkennen, dass sie aus einer dicken, holzfurnierumrandeten, ebenso kunstvoll wie schaurig gestalteten, grün-beige-kleinkarierten, auf Hochglanz polierten Resopalschicht bestand.

Irgendwer hatte zeitweilig Gläser oder Tassen auf ihr abgestellt, denn die dadurch entstandenen unansehnlichen Kringel hatten sich augenscheinlich trotz größter Mühe nicht mehr beseitigen lassen. Die Platte bildete die Krönung des Ganzen!

Obwohl dieser Schreibtisch, reichlich beladen mit den verschiedensten Utensilien, halb hinter einem als Sofa genutzten Jugendbett stehend nicht vollständig sichtbar war (man hätte ihn besser komplett verstecken sollen), beleidigte er bereits beim ersten Anblick nicht nur meine Augen, sondern auch in belastender Weise meine empfindsame Seele. Bei jedem meiner Besuche im auserkorenen „Liebesnest" erzeugte er fortan eine enorm störende Wirkung auf meine Libido.

Wie Alex etwas verlegen berichtete, stammte die Scheußlichkeit aus dem Nachlass seiner verblichenen Tante Minna (möge sie in Frieden ruhen), und man hatte sie ihm freudestrahlend „aufs Auge gedrückt"!

Jeder andere Mann, der - wie Alex - feinsinnig, künstlerisch begabt und auch so tätig war, hätte sicherlich eine solche Hinterlassenschaft höflich, aber strikt abgelehnt!

Nicht so Alex! Er vermochte es nicht, sich gegen Überraschungsgeschenke seitens seiner wohlmeinenden, aber gottlob weit entfernt lebenden Familie zur Wehr zu setzen.

Diese Familie dachte stets an Alex, wenn sie irgendeinen Gebrauchsgegenstand nicht mehr gebrauchen konnte und ausrangieren wollte, ihn aber als „zu schade" erachtete, ihn artgerecht zu entsorgen.

(Erst jüngst hatte ihm seine schon in fortgeschrittenem Zustand der Schwerhörigkeit befindliche Mutter einen elektrischen Büchsenöffner aufgedrängt, weil sie das laute Geräusch, das dieser in Aktion von sich gab, nicht mehr ertrug.)

„Ich hatte doch nach meiner Scheidung fast nichts mehr", verteidigte Alex sich mir gegenüber verlegen. „Da war ich froh, dass ich den Schreibtisch bekam. Der leistet mir doch ganz gute Dienste."

Seine letzte Bemerkung ließ mich ‚Das sieht man ...' denken, denn die unattraktive, aber stabile Resopalplatte hatte - wie ich bereits erwähnte - einen Wust unterschiedlichster Dinge zu verkraften.

Da Alex im Verlauf meiner häufiger werdenden Besuche in seinem Appartement meine Abneigung gegen das geerbte Möbelstück bemerkte, wurde er nachdenklich und betrachtete ab dato das „hässliche Ding" auch mit anderen Augen, denn all meine Versuche, es einfach zu ignorieren, misslangen. Ich konnte mich an den Anblick einfach nicht gewöhnen!

Scheinbar begann Alex ganz langsam meine Abneigung zu verstehen. Ich ertappte ihn dabei, dass er von Zeit zu Zeit voller Skepsis auf das Möbelstück blickte. Allmählich schien ihm zu dämmern, dass er des Öfteren von seiner Sippschaft als eine Art Zwischenstation für diverse Gegenstände vor der endgültigen Entsorgung missbraucht wurde.

Als Tüpfelchen auf dem I wurde das Erbstück zum Stein des Anstoßes, als wir nach einigen Monaten zum Zweck des künftigen Zusammenlebens eine größere Wohnung besichtigten. Ich bemerkte, dass Alex in den Räumen nach irgendetwas auf der Suche war.

„Ja, hier könnte er hinpassen ...", brummelte er vor sich hin und löste mit seinen Worten in meinem Inneren laut tönenden Alarm aus.

,Er denkt doch nicht etwa an das grässliche Monstrum' dachte ich entsetzt, als auch schon Alex' erfreuter Ausruf „Ich habe einen Platz für meinen Schreibtisch gefunden" meine Ohren erreichte!

Sekündlich war mir so, als habe ein kräftiger Schlag meinen Kopf genau in der Schädelmitte getroffen!

Anstelle meines in Mädchenjahren erträumten, zierlichen Jugendstil-Damensekretärs sollte ich nun dieses ... N e i n!!

Es folgte, dass ich einen heftigen vorehelichen Streit vom Zaun brach, dessen Inhalt unter anderem meine Drohung darstellte, von dem Vorhaben des Zusammenziehens weiten Abstand zu nehmen! Der Abstand zwischen mir und diesem ... Ding könne gar nicht groß genug sein!

Alex schenkte mir zunächst einen traurigen Hundeblick, bevor er - nach minutenlangem, von tiefen Seufzern begleitetem Grübeln - erklärte:

„Hast ja Recht. Eigentlich wollte ich den zuerst auch gar nicht haben, aber die haben mich derart bequatscht, dass ich nicht mehr Nein sagen konnte", gab er letztendlich hastig, aber unumwunden zu.

Als der Tag der großen Entrümpelung vor dem Umzug gekommen war, musste ich betrübt feststellen, dass es gar nicht so einfach war, zwei komplette Haushalte zusammenzulegen. Von vielen Dingen, die man im Laufe der Zeit lieb gewonnen hatte, musste man sich nun trennen.

Nicht nur Alex, sondern auch mich kam manches sehr hart an. Auch ich ertappte mich dabei, dass ich manchen Gegenstand nachdenklich in meinen Händen hin- und her bewegte, bevor er schlussendlich im amtlichen Müllsack landete ...

Dann lag er da ... der Schreibtisch ... vor dem Haus, in dem sich Alex' Appartement befand ... auf der Wiese.

Eine Nachbarin meines Freundes, die sich während der gesamten strapaziösen Umzugsphase hilfreich betätigte, und ich standen vor ihm, der sich uns nun ausgeräumt, nackt und bloß präsentierte. Erst jetzt nahmen wir das ganze Ausmaß seiner außergewöhnlich hässlichen Gestaltung wahr!

Fassungslos, betroffen, aber auch ein bisschen andächtig - als wohnten wir einer Trauerfeier bei - betrachteten wir ihn. Minutenlang gingen unsere Blicke zwischen uns und dem Schreibtisch hin und her. Fast tat er uns leid, wie er so dalag. Schließlich hatte er einmal Tante Minna gehört, zumindest *ihr* gefallen und sicherlich gute Dienste geleistet. Er konnte nichts dazu, dass man ihm einst ein so unattraktives Äußeres verlieh ...

Wie auch immer dieses Machwerk entgleister Designer-Phantasie zustande kam - nun ging auch dieser Schreibtisch den Weg alles Irdischen (was für ihn den Abtransport zur städtischen Sperrmüllpresse bedeutete).

Niemand - nicht einmal Alex - erklärte sich bereit, ihm ein ehrendes Denkmal zu setzen.

Allerdings „rettete" der Ehemann der Nachbarin wenigstens die Schubladen. Als Aufbewahrungsort für Werkzeug und andere Kleinigkeiten entgingen sie dem schrecklichen Ende durch die erbarmungslose Sperrmüllpresse.

Mit einem lachenden und einem weinenden Auge nahm mein Freund von dem meinerseits ach so herzlos verschmähten Erbstück Abschied für immer.

„Jugend ade"

Das wohl gefräßigste und ausdauerndste „Raubtier" der Welt ist der Zahn der Zeit. Wenn er einmal mit dem Nagen begonnen hat, lässt er nicht mehr locker!

Auch ich musste nach dem Ausleben meiner zweiten (oder dritten) Jugend die Erfahrung machen, dass dieses Untier äußerst unbarmherzig zu Werke geht und noch dazu an mehreren Stellen gleichzeitig mit seiner vernichtenden Tätigkeit beginnt.

„Verflixt noch mal, das kann doch nicht wahr sein! Das ist doch nicht möglich ...", jammerte ich eines Morgens, nachdem ich den sinnlosen Versuch unternommen hatte, mir einen Zeitungsartikel mal wieder ohne Lesehilfe zu Gemüte zu führen. „Gestern konnte ich das doch noch ..."

J a a a, gestern! Welch großes Wort .... G e s t e r n ...

Gestern war so vieles noch anders! Da konnte ich mich noch bücken, ohne dass es irgendwo in meinem Gerippe geknistert oder gar laut geknarrt hat! Der Vorgang des nach vorn Beugens verlief noch völlig reibungslos; heute hingegen knackt es so beängstigend im Gebälk, dass ich glaube, den

Kalk bereits rieseln zu hören! Beim Versuch, aus dem Stand die Schuhe zuzubinden, beschwert sich die Wirbelsäule (ich höre förmlich, wie sie einen Wehschrei ausstößt), das Blut steigt mir so heftig in den Kopf, dass es in den Ohren dröhnt; umgehend wird mir schwindelig. Um unbeschadet wieder in die aufrechte Position zu gelangen, muss ich mich ganz vorsichtig und in Etappen bewegen, um zu verhindern, dass einer der vielen Wirbel in der strapazierten Säule aus seiner Halterung herausrutscht und den Abtransport meiner Wenigkeit in eine orthopädische Praxis nötig macht.

Wo sind sie hin, die unbeschwerten, ersatzteilfreien Zeiten, in denen man sich noch geräusch- und beschwerdefrei von hinnen bewegen konnte?! In denen man noch ohne Zwischenstation in die Knie gehen konnte, ohne dass sich deren Scheiben, Gelenke und Sehnen laut beschwert haben?!

Ohne Vorwarnung und praktisch über Nacht sind sie plötzlich vorbei, die Zeiten; fortan jagt ein „Zipperlein" das andere.

Wenn ich recht überlege: Senk-/Spreizfüße hatte ich eigentlich schon als Kind. Aber damals hat dem Zustand niemand besondere Beachtung geschenkt. Es gab noch keine Vorsorgeuntersuchungen für Kinder, in denen die Wachstumsstufen lückenlos anhand Checkliste beobachtet wurden; Plattfüße waren von Gott gegeben, man musste damit klar kommen. Basta! Niemand wagte es, dem Schöpfer ins Handwerk zu pfuschen, und kleine Korrekturen an seinen Werken galten wohl Anno 1950 noch als schwere Sünde.

„Wenn es sonst nichts ist; da gibt es viel Schlimmeres!", erklärte mir meine Großmutter, ohne das ihrer Meinung nach Schlimmere preiszugeben,

Ich lebte ganz gut mit meinen Senk-/Spreizfüßen; auch dann noch, als sie in den Sechziger und Siebziger Jahren in halsbrecherisches Schuhwerk gezwängt wurden, weil es Mode war, auf zehn bis zwölf Zentimeter hohen, bleistiftdünnen Absätzen durch die Gegend zu balancieren. Es war Mode, die Zehen dergestalt zu vergewaltigen, dass man sie in vorne spitz zulaufende, der natürlichen Anatomie der Füße krass entgegenwirkende Schuhe presste.

„Wenn du mit dem Schuh jemand in den Hintern trittst, bleibt er drin stecken!", erklärte mein großer Bruder sarkastisch und hatte mit dieser drastischen Aussage nicht einmal Unrecht.

Viele Jahre später musste ich bitter bereuen, mich dieser Mode leichtsinnigerweise unterworfen zu haben. Ich wurde notgedrungen zum „Flachlatscher", konnte mich nach der harten Diagnose eines Fußorthopäden, sehr frei übersetzt lautend: „Senk-/Spreiz- und Plattfuß mit durchgetretenem Mittelfuß, zur Mitte hin gebogene Zehen mit verkürzten Sehnen, diese dito auch im Hackenbereich, ausgeprägte verhärtete Ballen" und einer notwendig gewordenen, operativen Verkürzung eines meiner malträtierten Zehen nur noch mit speziellen Einlagen in unattraktiven, klobigen Schuhen fortbewegen!

Doch das war nur ein geringer Teil der aufgetretenen Einschränkungen meines deutlich älter gewordenen Bewegungsapparates. Der unaufhaltsame Verfall ging sozusagen „in die Vollen". Da ich elfjährig während der Pubertät darauf bedacht war, meinen vorwitzigen Busen - der es für richtig hielt, als erster von allen auffällig in Erscheinung zu treten - geschickt zu verbergen, trat aufgrund des permanenten Vorziehens der Schultern eine leichte Verkrümmung der Halswirbelsäule ein.

Etwas später bewirkte der Zahn der Zeit gnadenlos eine Verkrümmung der Wirbelsäule oberhalb der Hüften nach rechts; aus Solidarität verschob sich die rechte Hüfte sofort mit nach oben. Zeitnah bog sich die Halswirbelsäule noch weiter nach vorn und zog meine Schultern endgültig hinter sich her.

Die Krönung des barbarischen Werks bildete die Krümmung der Wirbelsäule im Brustbereich, die mir - von der Seite betrachtet - die Form eines Fragezeichens auf zwei Beinen verlieh. Ausgestattet mit verschiedensten, gottlob noch unauffälligen orthopädischen Hilfsmitteln bewege ich mich seitdem durchs Leben.

Vor ein paar Jahren hatte der Zahn der Zeit sich seiner Verwandten in meinem Mund bemächtigt und nach und nach einen Großteil von ihnen für immer unschädlich gemacht. Ab dato war es mein Schicksal, mich einer beim Lächeln und Lachen zwar attraktiv aussehenden, aber ebenso quälenden wie teuren Kauhilfe zu bedienen. Die meiste Zeit befand diese sich außerhalb meines Körpers, säuberlich in ein Blatt Papier von der Küchenrolle eingewickelt. Jeglicher Versuch, mich mit ihr anzufreunden, blieb erfolglos.

Da gab es doch noch was? ... Ja, natürlich! Fast hätte ich's vergessen: Es gab noch - wenn auch zugegebenermaßen eher seltener - das Liebesleben. Auch dabei merkt man irgendwann, dass es nicht mehr so klappt wie früher. Die bei dieser Tätigkeit am meisten zum Einsatz gelangenden Gelenke quietschen und knarren in beängstigender Form. Das geht so weit, dass man schon vorher gut überlegen sollte, wie man sich nach Beendigung der ganz speziellen Leibesübungen am einfachsten und schmerzfreisten wieder voneinander löst!

Als die Anschaffung einer neuen Matratze notwendig wurde, achtete mein damaliger Lebensgefährte beim Probeliegen streng darauf, dass ihre Federung der eines Trampolins gleich kam. Da konnte man nach einem kräftigen Anstoß ruhig liegen bleiben; die Unterlage erledigte den Rest von selbst.

Irgendwann - mittendrin im Älterwerden -, meldeten sich meine Augen zu Wort. Auch die Zeit, Augen „wie ein Luchs" zu besitzen, die auf eine Distanz von hundert Metern schon erkennen konnten, welche Liniennummer die Straßenbahn trug, war unwiderruflich vorbei. Meine Augen bettelten um Hilfe; der Augenarzt und ich gewährten sie ihnen in Form einer Lesebrille der vorerst geringsten Stärke. Als Autofahrerin aktiv am Straßenverkehr teilnehmend, benötigte ich einige Zeit später zusätzlich eine Sehhilfe für die Weitsicht. Zu den oben erwähnten anderen körperlichen Gebrechen gesellte sich nun der nervenaufreibende ständige Wechsel der beiden Brillen im täglichen Gebrauch.

Welcher Brillenträger kennt das nicht? Man will fernsehen - wo ist die verflixte Weitsichtbrille? Eben lag sie doch noch friedlich dort auf dem Tisch! Hab ich sie etwa im Auto vergessen? Hat man das gute Stück endlich gefunden, ist oftmals das anvisierte Fernsehprogramm längst vorbei! Man will lesen - wo ist denn jetzt wieder die Lesebrille?!

Es kam die Zeit, da ich mir - offensichtlich in einem kurzen Anfall geistiger Umnachtung - einredete, nur noch die Lesebrille benutzen zu müssen; die Fernsichtgläser kamen ausschließlich beim Autofahren zum Einsatz. Ich weigerte mich strikt, auf all meinen Wegen im Freien, die ich zu Fuß zurücklegen musste, die Brille zu benutzen.

‚Das wollen wir doch mal sehen' erklärte ich mir rigoros. ‚So alt bist du doch noch nicht! Das muss einfach noch ohne Brille gehen!'

Zum ersten Mal in meinem Leben trat eine gewisse Eitelkeit zu Tage, der ich auch gerne nachgab.

‚Siehste? Geht doch!' erklärte ich meinem inneren Ich. Stolz, und ohne Druckgefühl auf der Nase spazierte ich täglich, von Augengläsern unbehelligt, durch die Natur ... leider nur für die Zeitspanne von circa einem Jahr.

Nachdem ich in diesem Jahr - brutal gegen mich selbst - sekündlich abwechselnd mit zu Schlitzen zusammengekniffenen oder weit aufgerissenen Augen meine teils nur verschwommen sichtbaren Fußwege zurückgelegt und danach immer häufiger unangenehme Kopfschmerzen ertragen hatte, wurde meinem Bewusstsein gegen meinen Willen klar, dass sich schon wieder etwas verändert hatte! Alarmiert musste ich bemerken, dass eine ständig anwachsende Zeitspanne für die Umgewöhnungsphase meiner Augen zwischen der Lesebrille und der Weitsichtbrille vonnöten wurde.

„Gnädige Frau, kann ich Ihnen behilflich sein? Was suchen Sie denn?", sprach mich im Supermarkt jemand an. Dem Klang der Stimme nach handelte es sich um ein männliches Wesen.

Es war ein Wesen, das in einen blauen Kittel gehüllt war, was ich deutlich erkannte, wogegen mein Blick seine Gesichtszüge nur schemenhaft wahrnahm. Der Bekleidung nach zu urteilen, musste es sich um einen Mitarbeiter des Marktes handeln.

„Ja, danke, ich suche Magerquark", erwiderte ich verlegen und lächelte erleichtert, froh darüber, eine hilfsbereite Hand gereicht zu bekommen.

„Oh, meine Dame, da sind Sie in diesem Gang ganz falsch! Die Molkereiprodukte sind auf der anderen Seite des Marktes gelagert. Wir befinden uns hier in der Bauabteilung, und Sie halten soeben ein Eimerchen mit Kleister in der Hand", klärte mich der Blaukittel in mitfühlendem Ton auf.

,Oh mein Gott' durchfuhr es mich entsetzt. Da hätte ich ja fast einen gefährlichen Irrtum begangen! Die Verpackungen der beiden Artikel mochten sich zwar in etwa gleichen, der jeweilige Inhalt jedoch würde sich von der Substanz, vom Geschmack und der Verträglichkeit her deutlich unterscheiden.

Der freundliche Markt-Mitarbeiter geleitete mich in die Molkereiabteilung und anschließend in die Kassenzone.

Als pflichtbewusster Mensch wusste ich spätestens jetzt, dass es an der Zeit war - um meine Mitmenschen und mich selbst vor Unheil zu bewahren -, zumindest dem Alterungsprozess meiner Augen kampflos nachzugeben. Zeitgleich mit dem halbjährlich anstehenden Kontrollbesuch beim Augenarzt ergab ich mich dem Schicksal, stärkere Augengläser zu benötigen. Der Gedanke, dass ich eines Tages versuchen könnte, mit einem Briefkasten - in der Annahme, dass er ein menschliches Wesen sei - ein Gespräch zu beginnen, war mir denn doch zu unangenehm.

Nach längeren Debatten gelang es meiner Augenärztin, mich zum Erwerb einer Gleitsichtbrille zu überreden. Der Besitz einer solchen mache wenigstens den ständigen Wechsel von zwei Brillen und die damit verbundenen zeitweiligen Suchaktionen nebst dem Zweifel am eigenen Verstand hinfällig. Mit einer Verordnung für die Gleitsichtbrille verließ ich - auf seltsame Weise erleichtert - die Augenarzt-Praxis.

Ein paar Tage später begab ich mich auf den Weg zum Fachgeschäft - ohne meine Brillen. Nur noch ein einziges Mal wollte ich das nasenballastfreie Gefühl des Dahinschlenderns in freier Natur genießen. Danach könne kommen, was wolle.

Als der Optiker meine aufgrund der bisher rigoros ignorierten Überanstrengung etwas müde gewordenen Augen zwecks Anpassung der für mich korrekten Brillengläser vermessen hatte, sah er mich mit eindringlichem Blick an und fragte: „Wo, um Himmelswillen, haben Sie denn Ihre Brille?! Wie haben Sie überhaupt den Weg hierher gefunden?! Es grenzt an ein Wunder, dass Sie die Eingangstür gesehen haben und unverletzt öffnen konnten."

‚Ooha! Doch so schlimm?!' dachte ich mit anschließendem, resignierten Schulterzucken.

„Sie sind doch hoffentlich nicht mit dem Auto unterwegs?! Das wäre lebensgefährlich für Sie und andere Verkehrsteilnehmer!", schickte der sachverständige Brillenmensch noch hinterher!

Meine Betroffenheit wuchs ins Uferlose. So sicher ich mir bis dato (trotz des peinlichen Zwischenfalls im Supermarkt) gewesen war, immer noch „alles ganz gut gesehen" zu haben - auch ohne die daheim zurückgelassenen Brillen -, so verzweifelt war ich jetzt. Damit der Optiker nicht auf die Idee kam, mir eventuell noch einen Blindenhund als Begleiter für den Nachhauseweg zu beschaffen, versprach ich ihm hoch und heilig, diesen schnellstens und ohne Umschweife anzutreten.

Er war ernüchternd - und etwas traurig, dieser Heimweg. Ich war um eine Hoffnung ärmer geworden; um die Hoffnung, dass es vielleicht doch noch nicht so schlimm sein würde.

Noch erschwerend hinzu kam das Bewusstsein, dass auch mein Geldbeutel demnächst ärmer werden würde, und zwar um einen beachtlichen Betrag, den ich für die Gleitsichtbrille hinzublättern hatte.

Und schuld an allem ist das nimmersatte, erbarmungslose und - leider - unaufhaltsame Raubtier, der Zahn der Zeit ...

„Stoff-Wechsel"

„Auch der Herbst hat noch seine warmen Tage", besagt ein Sprichwort.

Er hat aber nicht nur die, sondern ist zusätzlich in der Lage, Frühlingsgefühle bei älteren Menschen, die den Zenit der Torheiten längst überschritten haben, hervorzurufen. Auch Senioren trifft Amors Pfeil, ob sie es wollen oder nicht. Und auch *mich* ereilte plötzlich und unerwartet der Zustand, den man weltweit Liebe nennt. Nach einvernehmlicher Trennung von Alex und dem damit verbundenen (aber rasch überwundenen) Trennungsschmerz begegnete mir nach einiger Zeit mit Hilfe einer Flirtline im Internet Paul; ein Mann fast gleichen Alters, der mir vom ersten Moment an sympathisch war. Wie das Leben so spielt (und es auch von beiden Seiten gewünscht war), kamen wir uns sehr rasch näher.

Für meinen neuen Freund änderte ich in Kleinigkeiten meine Lebensweise, hielt mich des Öfteren in einer Stadt auf, gegen die ich bereits vor vielen Jahren eine starke Abneigung entwickelt hatte, und ich ließ mir Paul zuliebe (ganz entgegen meiner Art; *ich* mochte mich am liebsten „ungeschminkt") sogar die Wimpern färben, malte mir etwas unbeholfen Lidstriche nebst Schatten und ließ mir die Haare extrem kurz schneiden. Paul unternahm - für ihn teilweise qualvoll, aber erfolgreich - den Versuch, aus einer Pessi- eine Optimistin zu machen. Ich begann, positiv zu denken.

„Das hat aber reingehauen!", wunderte sich mein Sohn. „Wenn du das alles für ihn tust. Das muss ja ein wahrer Supermann sein ..."

„Ich muss abnehmen, unbedingt. Ich fühle mich so was von unwohl. Im vorigen Jahr hatte ich noch fast zehn Kilos weniger als jetzt", erklärte mir der Supermann, der mir gerade deshalb gut gefiel, weil er nicht spindeldürre, sondern ein ‚gestandenes Mannsbild' war. „Es ist zwar immer wieder schön, mit dir auszugehen und lecker zu essen; aber ich muss mich jetzt etwas bremsen, wenn ich nicht in Kürze aus allen Nähten platzen will!"

Zur Bekräftigung seiner etwas panisch ausgesprochenen Worte schaufelte Paul einen mittelgroßen Happen des vor ihm auf dem Teller liegenden Sahnetortenstücks in den weit geöffneten Mund und begann, ihn genüsslich auf der Zunge zergehen zu lassen. Als er bemerkte, dass ich ihn belustigt lächelnd beobachtete, wurde er verlegen wie ein Backfisch und stammelte kleinlaut: „Na ja, heute gönne ich es mir noch mal, etwas über die Stränge zu schlagen, aber ab morgen hat das ein Ende, das kannst du mir glauben."

Weise lächelnd bedachte ich ihn mit mütterlichem Blick. ‚Wenn diese Worte eine Brücke sein sollen, werde ich keinen Fuß darauf setzen' dachte ich im Stillen.

Im Verlauf meines Lebens, das sich derzeit im sechsten Jahrzehnt befand, hatte ich viele Mitmenschen (und auch streckenweise mich selbst) unter diversen Diätversuchen „leiden" sehen, die sich letztendlich allesamt als sinnlos erwiesen hatten. Das einzige Element, welches man nach jedem Versuch als deutlich schlanker geworden bezeichnen konnte, war die Geldbörse, hatte man doch neben der mengenmäßig gedrosselten Nahrung meistens die Diät noch unterstützende, teure Mittelchen zu schlucken; nicht ein einziges Mal war bei der armen, Hungerqualen leidenden Kreatur selbst der allbekannte „Jojo-Effekt" ausgeblieben.

Da ich inzwischen die Ernährungsweise meines Freundes kennengelernt hatte, war mir gleich bewusst, dass er das Vorhaben, seine in frühen Jugendtagen eventuell besessene schlanke Figur zurück zu gewinnen, nur unter schwierigsten Bedingungen würde verwirklichen können. Allerdings erwiesen sich seine Versuche als nicht uninteressant und gestalteten seinen Alltag (und somit auch den meinen) etwas bunter.

Meine Beteiligung an seinem „Unternehmen Abspecken" bestand aus teils ellenlangen Ratschlägen, die ich ihm telefonisch zukommen ließ,

die er aber - weil er einen enormen „Dickschädel"
besaß - meistens nicht zu befolgen gewillt war.

Vom Tag der Beschlussfassung an quälte mein
Liebster sich frühmorgens (und abends nochmals)
Kilometer fressend auf einem High-Tech-
Trimmrad mit Herzfrequenz- und Pulsmesser ab,
um anschließend nass geschwitzt unter die Dusche zu wanken und sich danach erschöpft auf die
Couch sinken zu lassen. Um den völlig aus der
Fassung geratenen Kreislauf wieder zu stabilisie-
ren, schüttete mein Held in der Folge literweise
Cola light (zuckerhaltige Getränke waren strengstens untersagt) in seinen malträtierten Körper.
Ein „vernünftiges" Frühstück - wie ich es ihm
empfahl - fiel meistens aus. Viele Stunden lang
sollte der Körper ohne Nahrungszuführung seine
tägliche Arbeit verrichten; er hatte gefälligst an
seinem noch reichlich vorhandenen eigenen
Speck zu nagen!

Irgendwann im Laufe des Tages begann Pauls
Magen zu rebellieren; leichte Schwächeanfälle
gaben ihm zu verstehen, dass er doch „etwas
Leichtes" zu sich zu nehmen hatte.

Es kam, wie es kommen musste! Von Heiß-
hungerattacken heimgesucht, durchstöberte Paul
Kühl- und Gefrierschrank, sämtliche Schubfächer
und sonstige Stauräume in der Küche nach irgendetwas ohne längere Vorbereitungszeit Essbarem
und kaute gierig alles, was ihm in die Quere kam!
Man hatte sich ja über eine längere Zeit heftig und
anstrengend bewegt und durfte nun - laut aktuel-

lem Diätplan - alles essen! Reichlich fett- und cholesterinhaltige Speisen konnten dem Stoffwechsel nun nichts mehr anhaben!

Da feste Essenszeiten aus dem Nahrungsfahrplan meines Gefährten inzwischen ohnehin restlos gestrichen waren, gab es auch kein Halten mehr vor Schokolade und Süßspeisen jeglicher Art; weder vor fettreichen Nüssen, Pommes mit Currywurst, Riesenschnitzeln noch Sahneteilchen schreckte mein Freund zurück!

Halt, ich vergaß: Zwischendurch fand manchmal (gottlob!) auch diverses Obst seine Zustimmung. Auf diese Weise wurde zumindest für den Vitaminbedarf des irritierten Organismus Sorge getragen.

Nach einiger Zeit musste Paul feststellen, dass er durch das tägliche Treten der Pedale des Trimmrads zwar eine gewisse Fitness, aber keine deutlich sicht- und messbare Gewichtsabnahme erreicht hatte. Lediglich Bein- und auch Bauchmuskulatur hatten sich gefestigt, Puls und Herz an die regelmäßige Anstrengung gewöhnt; die Schläge blieben konstant.

Aber ebenso konstant blieb der Speck! Erklärte mein Süßer mir heute, dass die Waage immerhin einige Gramm weniger angezeigt habe, so schilderte er mir am nächsten Tag, dass doppelt so viele „wieder drauf" seien!

„Irgendetwas mache ich falsch!", klagte er sich selbst an.

Resignation, häufige Müdigkeit und leichte Traurigkeit traten ein. Paul hatte nicht daran gedacht, dass nicht nur sein Körper unter dem Entzug regelmäßiger und abwechslungsreicher Nahrung leiden würde, sondern auch die Seele Schäden davontragen könne. Das Gefühl, das man im Volksmund als „Lebensfreude" bezeichnete (denn auch essen ist Lebensfreude, wie man weiß), war nicht mehr vorhanden.

In der Folge verfiel der arme Mann wieder in den „alten Trott". Er behielt sein tägliches Fitness-Training - wenn auch unregelmäßiger - zwar bei, seine Essgewohnheiten hingegen änderten sich dergestalt, dass er (wie in alten Zeiten) einem reichlich bemessenen, abendlich auswärts stattfindenden „leckeren" Essen oder häufigeren Café-Besuchen - zusammen mit meiner Person - mit all seinen dargebotenen, ungesunden Leckereien nicht abgeneigt war.

Nichtsdestotrotz verwarf er den Vorsatz, Diät zu halten und abzunehmen, nicht gänzlich. Nach einiger Zeit wurde ich in die Geheimnisse eines anderen Plans, sich gesund zu ernähren und dabei Unmengen abzunehmen, eingeweiht.

Mein Freund hatte - heftig im Internet forschend - ein Buch namens „Schlank im Schlaf" entdeckt, welches den Leitfaden für eine Sensations-Diät beinhaltete, bei deren Einhaltung man sich satt essen und trotzdem gewaltig abnehmen könne. Der geniale Trick bestand darin, morgens reichliche, kaum zu bewältigende Mengen an kohlenhydratreichen Speisen zu sich zu nehmen, fünf bis sechs Stunden lang „durchzuhalten", um anschließend fettarme Kost zu vertilgen und nach weiteren fünf bis sechs Stunden Essenspause dem Magen am Abend hoch eiweißreiche Nahrung zuzuführen! Zu unterstützen habe man diesen, den Stoffwechsel todsicher ankurbelnden Prozess mit großen Mengen zuckerfreier Flüssigkeit. Hüten müsse man sich lediglich vor einer aus Obst bestehenden Zwischenmahlzeit. Der darin teilweise reichlich enthaltene Fruchtzucker mache „alles" zunichte!

„Eiweiß ist *d e r* Stoffwechsel-Beschleuniger!", verkündete mein Liebster lautstark in jubelndem Ton. „Da purzeln die Kilos nur so!!"

Skeptisch blickte ich ihn von oben bis unten an. Eiweiß mochte *ich* eher in steif geschlagener Form, untergemischt in Pudding, als ebenso dekorative wie schmackhafte Schneehaube auf diversen Torten, stark gezuckert als ‚Salzburger Nockerln' ... Als Antriebsmittel für den Hüftspeck, den menschlichen Körper gefälligst schleunigst zu verlassen, war es mir bis dato gänzlich unbekannt.

„... Und das Schöne dabei ist, dass man hin und wieder ruhig mal „sündigen" darf. Das wird am nächsten Tag wieder aufgefangen!", erklärte Paule begeistert.

Wiederum kam Skepsis in mir hoch. ‚Dann mach' du mal' dachte ich. ‚Ich ernähre mich so wie immer; ich esse alles, allerdings in kleinen Mengen, dieses mindestens fünfmal am Tag, trinke Kaffee und Tee mit Milch und Süßstoff und habe keinerlei Probleme; nicht einmal dann, wenn ich mich wenig bewege. Und wenn mal ein Pfündchen mehr drauf ist, gräme ich mich nicht sonderlich, sondern versuche, die fünfte Mahlzeit wegzulassen.'

Mit diesem oben erwähnten Ernährungsverhalten bin ich im Laufe meines bisherigen Lebens immer gut durchgekommen. Fairerweise muss ich hierzu allerdings gestehen, dass ich häufig auf Fleisch, und vor allem auf Soßen verzichte, anstelle von Pommes frites lieber etwas mehr Salat, Gemüse oder Salzkartoffeln zu mir nehme und zu einem Menü gehörende Vorsuppen meistens weglasse. Dem Verzehr der abschließenden Süßspeise hingegen, sei es Pudding, Eis oder Kuchen, kann ich allerdings nur selten widerstehen.

Paul begann umgehend frohen Mutes und voll Zuversicht mit der in höchsten Tönen gelobten Eiweiß-Diät.

Die Verwirklichung des Leitspruches „Schlank im Schlaf" erwies sich aber als schwierig, da Paul kaum noch Schlaf fand! Die Ursache hierfür war die Tatsache, dass er die im Diätplan vorgeschriebene Flüssigkeitsmenge größtenteils durch reichlichen Genuss seines Lieblingsgetränks Cola light zuführte. Dieses ist bekanntermaßen zwar zuckerfrei, aber genauso koffeinhaltig wie das „Unerlaubte"! Außerdem gab er dem Drang des „Sündigens" wahrscheinlich öfter nach, als es vom Erfinder dieser Ernährungsart erlaubt oder gedacht war. Bis heute nämlich blieb der versprochene Effekt des raschen und kiloweisen Purzelns der überflüssigen Pfunde aus. Der kleine, leibeigene und liebenswerte „Schwimmring" in der Körpermitte meines sehr geschätzten Freundes blieb weitestgehend erhalten, dies allerdings in fester, durchtrainierter Form.

Über einen im Laufe der Diättage unangenehm und belastend gewordenen Nebeneffekt, der ihn vom täglichen Gang zum gewissen stillen Örtchen meistenteils unverrichteter Dinge zurückkehren ließ, beschwerte sich mein Freund nur ganz selten.

Ein „Stoffwechsel" hingegen fand dennoch statt; dies allerdings im wahrsten Sinne des Wortes. Mein Partner benötigte für einen anstehenden Kurzurlaub dringend zwei neue Hosen, die er - wer hätte das gedacht! - in einer anderen Größe als der bisher getragenen erwerben musste! Kam er bisher mit der Herrengröße 48 zurecht, so musste er sich nun zähneknirschend wohl oder übel mit der Tatsache abfinden, Beinkleider der Größe 50 zu benötigen.

Angesichts der verschiedenen, teils qualvollen Turbo-Versuche meines Partners, seine jugendliche Figur zurück zu erhalten und als positive Zugabe „fit wie ein Turnschuh" zu bleiben, wurde mir die von mir unterbewusst stets praktizierte „Diät" namens „Alles essen - aber in Maßen", mit kürzeren Fristen zwischen den Mahlzeiten und regelmäßig eingehalten, von Tag zu Tag sympathischer.

Da jeder Mensch auf Erden die Freiheit besitzt, auch in Bezug auf die Gesund- und Schlankerhaltung seines Körpers so zu handeln, wie er es für richtig hält, *unter*ließ ich weitere Versuche, meinen Freund in dieser Hinsicht zu beeinflussen und *über*ließ ihm die Universal-Herrschaft über seinen ganz persönlichen „Stoffwechsel".

Herzlichen Dank an meine Kinder, die jungen Autoren Mario und Tanja Hammer, ohne deren Unterstützung dieses Buch niemals realisiert worden wäre.